JN122103

初出　「北海道新聞」二〇一五年十月四日～二〇二〇年十二月二十日

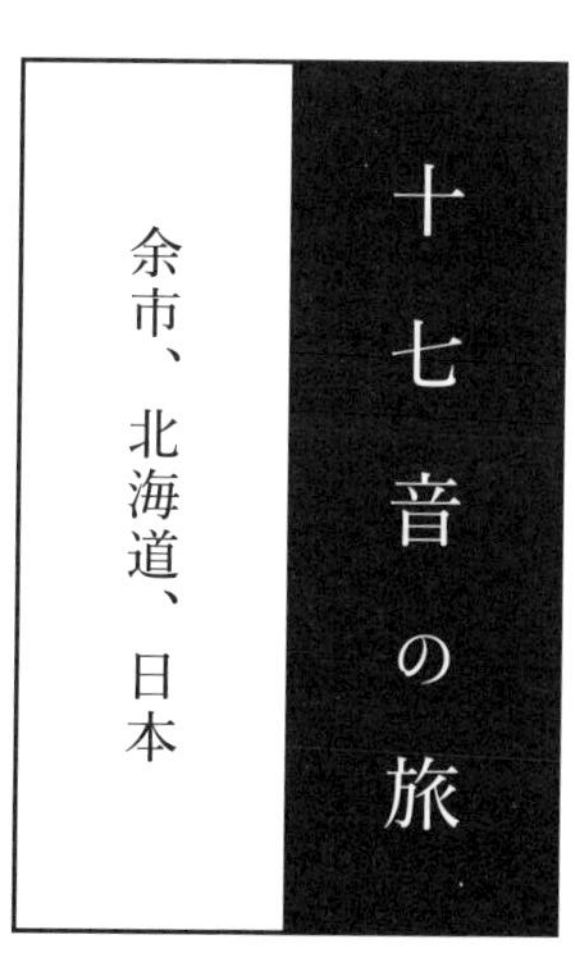

櫂未知子
KAI Michiko

目次

第一章　余市

第二章　北海道

何もかも知つてをるなり竈猫―72

母の曳く市場帰りの橇に乗る

富める子も貧しき子等も橇遊び―73

漂へる手袋のある運河かな―74

梅林の真中ほどと思ひつつ―75

流氷に靡きて雪の大地あり―76

お屋敷は贅の限りや梅匂ふ―77

洗ひ髪神威岬に吹かれつつ―78

岬見ゆるまで道の辺の花虎杖―79

展翅板そつとたづさへ休暇明―80

泥水の流れ込みつゝ蓮根掘る―81

ゆきうさぎ雪のはらわた蔵したる―82

春コート巨船より去りひるがへり―83

泊船の百燈滲む春炬燵―84

かたつむり甲斐も信濃も雨のなか―85

青岬遠くで別の汽笛鳴る―86

月光と非常持出袋かな―87

曇天に頭ぶつかる葡萄狩―88

醒ヶ井の水汲む後の更衣―89

初雪は失せたり歩み来し跡も
飴包む手を包むぼつこ手袋
雪の汽車吹雪の汽車とすれ違ふ―90

黒電話故障してをる海鼠かな―91

秋麗揺れなき揺れに酔ひにけり―92

湖一枚これがしばれるとふことか―93

水温むときをり芥光らせて
あかときの水の匂へり抱卵期
リラ咲けりドクターヘリの旋回す―94

衣更ふけふ油彩より水彩へ―95

拓銀もディスコも遠しラムネ吹く―96

キャンプ地は元暴れ川魚跳ねる―97

種火めく月出づ灯らざる街に
電力網の外側にゐて秋の蜘蛛―98

雪虫や家計の端を負ひて生く
自分の中の何かに冬が来てしまふ―99

耳袋とればたちまち星の声―100

酷寒に弾かれしごと籠もりゐる―101

春北風の先兵は槍利尻富士―102

流氷に指紋のうすき指の触れ―103

リラ冷やこけしに被せる夫の帽――104

アイスクリームおいしくポプラうつくしく――105

第三章　日本

青といふ色の靭さの冬の草―108

ヒーターの中にくるしむ水の音―109

小鳥来て午後の紅茶のほしきころ―110

ジョギングに出る他はなき四日かな―111

雪兎可愛がられて溶けにけり―112

レールより雨降りはじむ犬ふぐり―113

何となき人の行き来も彼岸かな―114

泡立てしクリームに角みどりの日―115

雲水に男の匂ひ走り梅雨―116

青田には青田の風の渡りくる―117

滝上る鮎全身をばねにして―118

妻ひそと母ひそとあり竹落葉―119

わが死後へわが飲む梅酒遺したし―120

夕凪の女坐りの足の裏―121

エイサーや手首炎のごと返る―122

火を見つめ酒飲む癖や迢空忌―123

秋高しまさかの機影覚えてゐる ― 124

健啖のせつなき子規の忌なりけり ― 125

くろがねの秋の風鈴鳴りにけり ― 126

水澄みて四方に関ある甲斐の国 ― 127

制服に林檎を磨き飽かぬかな ― 128

冬林檎二人といふは分け易く ― 129

橋に聞くながき汽笛や冬の霧 ― 130

菊判の重きを愛し漱石忌 ― 131

霧黄なる市に動くや影法師 ― 132

雪の戸の堅きを押しぬクリスマス ― 133

マスクして母でも妻でもなき時間 ― 134

恋猫や世界を敵にまはしても ― 135

水にじむごとく夜が来てヒヤシンス ― 136

車にも仰臥という死春の月 ― 137

うまさうなコップの水にフリージヤ ― 138

冷房の画廊に勤め一少女 ― 139

八月や六日九日十五日 ― 140

この街に何万の人髪洗ふ
旅いつも雲に抜かれて大花野―141
あの世まで見渡せそうな良夜かな―142
曼朱沙華抱くほどとれど母恋し
見えさうな金木犀の香なりけり―143
ぎんなんをむいてひすいをたなごころ―144
こころにも北窓のあり塞ぐべし―145
七草粥吹いて昭和を送りけり―146
大寒の困ったことに良い月夜―147
一日をくたびれて来し受験票―148

卒業の別れを惜しむ母と母―149
人はみななにかにはげみ初桜―150
わがセーラー服のゆくへや芽吹山―151
サンダルを脱ぐや金星見届けて
サンダルを履いて少女となりにけり―152
牛小屋に出水の跡のまざまざと―153
沈黙を運ぶメトロの冷房車―154
清らかに星積もりゆくケルンかな―155
新聞に雨の匂ひや漱石忌―156

松の内過ぎいよいよの余生かな―157

冬麗の簞笥の中も海の音―158

ただひとりにも波は来る花ゑんど―159

猫の耳吹いてゐるなり落第子―160

春の風邪小さな鍋を使ひけり―161

亡き友のわれにもたらす新樹光―162

よくはねて夕日の好きな山女かな―163

羽蟻の夜テレビの中の贋家族―164

噴水の丈は日の丈子らの丈―165

口中に鮑すべるよ月の潟―166

夏風邪やなんもなんもと長電話―167

はるばると来てばさばさと砂糖黍―168

林檎剝くアダムもイブも老いにけり―169

家といふ家みな灯る藁塚の村―170

孤舟めく最上階の春灯―171

問診に答へてくれず夏痩せす

うすらひの罅割れ死亡診断書―172

稿遅れまじく花どき机拭く―173

第一章 余市

星空へ店より林檎あふれをり

「懐かしい果物は？」と問われたら、「林檎！」と即答するだろう。

後志管内の余市町で生まれ育った私は、秋から冬にかけていつも林檎を食べていた。余市は南方でしか育たない果物を除けば、フルーツなら何でもある町である。さくらんぼ、プラム、葡萄、桃、梨、西瓜……。中でも林檎が特に良かったのは、片手に持って時々齧りながら本を読めたからだった。

本来なら、きちんと切って上品に食べるべきだったのだろうが、シーズンともなればとにかくたくさん貰うわけで、どんどん消費しなければならない。一口齧る、本のページをめくる。また齧ってページをめくる。本は、ロンドンへ、パリへ、そして自分の知らぬ時代の暮らしへと私を連れて行ってくれた。

星空へ店より林檎あふれをり　橋本多佳子

余市の親友の家が果物屋だったため、この句を目にする度に彼女の家の様子が思い出される。そして、わが実家のストーブの煙突に時折紛れ込んで来た「ごおっ」という風の音と、林檎の汁がたっぷり付いてしまった児童文学全集の一冊一冊が、鮮やかによみがえってくるのである。

2015・10・4
りんご 林檎＝秋

爪先で沖を見てゐる葡萄狩

郷里の余市で「葡萄狩」及び「ジンギスカン鍋」を中心とする吟行をしてきた。実際には葡萄のみならず、林檎、梨、桃など秋ならではの果物をあれこれ味わい、句をつくりましょうという催しだった。小樽、札幌、苫小牧などからおおぜいが駆け付けてくれた。

足掛け八年になるだろうか、年に数度、できるだけ雪の無い時期に句会を行い、親睦を深めつつ句を深めようと決めたのは。もともとは、母の見舞いのためだけに帰るのはもったいないと思って始めた句会だった。その中で、隔年ではあるが、北海道の秋を感じるべく吟行をしている。筆者はふだん東京在住なので、あれこれ手配するのはたしかに大変。それでも、北海道ならではの作品に出合えるのが喜びである。

爪先で沖を見てゐる葡萄狩　籬朱子（まがきしゅこ）

その吟行の中から生まれた一句。作者は札幌在住である。たしかに、余市の葡萄園は海を見はるかすように広がっており、他ではなかなか見られないものかもしれない。上京してから既に三十数年が過ぎた今、私にとってふるさと再発見の秋の旅となった。

恋ともちがふ紅葉の岸をともにして

「遠足」は春の季語だが、「修学旅行」は季語にはなっていない。

母校の小樽潮陵高校では、(当時) 秋に京都・奈良へ行き、東京にも寄った。出発前の説明会で、「なぜ、飛行機を使わず、列車なのですか」という質問があった。「飛行機が落ちると一学年全部がいなくなるからです」という答えに皆絶句したが、何となく説得されてしまったのである。ちょうど飛行機の利用が一般的になりつつあった端境期だった。

列車と連絡船と新幹線を乗り継いでやっと着いた京都は、季節外れの猛暑というべきか、気温が三十度近くあった。小樽駅では小雪が舞っていたから、高校生は皆厚着していた。ところが京都は真夏並みの暑さ。一同、「同じ国とは思えない」と畏敬の念を抱いたのである。

恋ともちがふ紅葉の岸をともにして　飯島晴子

作者は京都出身。この句を目にするたびに、あの十代の晩秋に経験した、汗まみれの修学旅行を思い出す。紅葉の名所に行きながら、そんなものに目を遣(や)る余裕すらない旅だった。あの年に流行(はや)ったコーデュロイを重ね着した田舎の高校生は、都の人達の目にどう映ったのだろうか。

2015・10・25
もみじ 紅葉＝秋

常連の名札が並び菊花展

小学生の頃、年齢にふさわしくないと言われそうなものが好きだった。それは「菊花展」である。文化の日近くになると、三つ年下の妹の手を引いて、余市の公民館へといそいそと出かけて行った。

花は昔も今も好きだが、特に菊を好んでいたわけではない。ただ、「なぜこれが金賞で、こっちは賞に入らなかったのだろう」と考えるのがひたすら面白かった。他の植物では、こういった品評会は少ない。地方の小さな町でも催されるのは、ほとんど菊だけだったのではないだろうか。

常連の名札が並び菊花展　川添歓一

菊は、ある日突然育て始めてからすぐに成果が得られるものではない。何年も丹精して初めて、人に評価される花を咲かせるようになる。だからこそ、この句のように「常連」が幅を利かせるようになるのだろう。

さて、この時期は地方へ出かける用が多い。その際、菊花展が俳句大会の会場の近くで催されていれば、必ず見るようにしている。「どうして、これに金紙が付いたのだろう」と、素人くさい感想を洩（も）らしながら。公民館時代から四十年以上経（た）っても、私は進化していないようだ。

行きずりに聖樹の星を裏返す

「クリスマス」と聞くと、どこか懐かしく、そして、要領の悪い子たちにエールを送りたくなる。

　行きずりに聖樹の星を裏返す　三好潤子

クリスマスツリー、すなわち「聖樹」。気紛れ、かつ小悪魔のような女性が描かれていて楽しい句である。

子どもの頃、二十五日の朝に目覚めたら、何が届いているかが楽しみだった。連続テレビ小説「マッサン」のヒロインのモデルになった人ゆかりの幼稚園と教会学校に通っていたから、この日はごく身近だった。教会学校の先生方が、聖夜に小さな催しをしてくれたこともある。蠟燭に見立てたバナナと、その先端にひらりと添えられたジャム（このジャムは炎の代わりだったらしい）。つつましく、また美しい行事だった。

冒頭に「要領の悪い子たちにエール」と書いたのは、私自身、行動があまりにも遅く、幼稚園の頃からかなり苦労したことによる。お弁当を一口食べては、遠くをぼんやり見つめる癖のあった子どもを、先生たちはじっと待っていてくれた。クリスマスの行事も例外ではなく、それでも先生たちは、何もいわずにゆっくりと迎えてくれた。

数へ日といへる瑞々しき日かな

年末の日数がかなり少なくなったことをあらわす季語に、「数へ日」がある。「あと七日」「四日しか残っていない」などという感覚であり、気持ちの引き締まる季語である。

数へ日といへる瑞々しき日かな　後藤立夫

余市での幼少期は、とにかくぼんやり過ごした。年賀状をたくさん書く必要はなく、正月を迎える準備に忙殺されることもない。そんなこんなで、小学校のある学年まではのんびりしていたのだが、それが一変した。家業の模型屋が新年を迎えるためのあれこれゆえに、年末に働かされるようになったのだった。

父が考案した「模型くじ」のために厚紙を延々切る。他の懸賞の大量の賞品を包装しまくる、福袋もどんどん作る。紅白歌合戦をちらちら見ながら、子どもの私もひたすら働いた。それが正しいかどうかではなく、当たり前だと思っていた。年中無休のうえに元旦から店を開けようというのだから、今思えばかなり無理がある。しかし、希望があった。働けば必ずこの状況は良くなるという、今どきの若い人たちが持てないであろう絶対的な明るさを、当時の人たちは皆、持っていた。

2015・12・20
かぞえび 数へ日＝冬

水餅を魚のごとくに掴み出す

俳句を始めてから知った季語の一つに「水餅」がある。子どもの頃何度も見ていたのに、あの餅に名前があることなど考えもしなかった。

餅はどこの家でも少し余る。実家の鏡餅も鏡びらきの後にすぐに食べたわけではなく、しばらく水に浸けておき、保存していたようだ。「ようだ」というのは、「あの缶に浸けてあった餅はもともと何だったの」と姉に尋ねたところ、「あれはね、鏡餅」と教えてくれたからだった。大きな缶に沈んでいた餅の、けぶるようなたたずまいは私もよく覚えている。しかし、それがどういう状況で水に浸けられたのかは見事に忘れていた。

水餅を魚のごとくに掴み出す　鷹羽狩行

この感覚はよくわかる。水の冷たさを覚悟しながら腕を入れる時のつらさも感じ取れる。しかし、若い俳人さん相手にこの季語を説明するのは大変。「だからね、家の中の寒いところに器を置いて水を張って、餅を浸けて」と話したところで、ちっとも通じない。「なぜ冷蔵庫じゃないんですか」と、彼らは首を傾げるのみである。家々がそれぞれの翳りを持っていた昭和期は、遥か遠くに去ってしまったようだ。

2016・1・10
みずもち 水餅＝冬

一人づつきて千人の受験生

今では一般的に「大学入試センター試験」と呼ぶらしいが、その前身である、いわゆる「共通一次試験」の、私は一期生である。当時は私立大学の入試とリンクすることもなく、「国立大学の一期二期の区別がなくなる」といった程度の認識しか、現場にはなかったと思う。何といっても、試験会場になった所の試験官の先生方が、さっぱり要領を得なくて混乱気味だったのだから。

「さあ、そろそろ始めますか」程度のノリで、ゆるゆると試験は始まった。マークシート方式というものにも、皆が不慣れだった。不慣れなまま始まり、よくわからないままに終わったというのが、当時の正直な感想である。

一人づつきて千人の受験生　今瀬剛一

「入学試験」「受験」「受験生」「合格」など、この時期の悲喜こもごもは、ちゃんと俳句の季語になっている。大人の目から見ると「たかが入試」だが、学校と家庭しか経験していない若い人たちにとっては、この世の全てに近い。「あなたたち、実はこの後の人生、べらぼうに長いからね」と言いたくなって困るが、それは余計なお世話というものだろう。

入学試験子ら消ゴムをあらくつかふ

大昔の共通一次試験の一期生が大いに苦労したことが一つある。それは前年まではおっとりと向き合えばよかったはずの私立大学が、どこも難関になってしまったことだった。

地味めの私立でも三十倍、四十倍は当たり前だった。試験会場を見渡す。八十人いるとすれば、その中の二、三人しか(見かけの倍率では)受からない計算になる。溜息(ためいき)をついた。

入学試験子ら消ゴムをあらくつかふ　長谷川素逝(そせい)

私は道内の私立大学は受けないと決めていたから、東京へ行った。父の故郷に近い上野のビジネスホテルに一週間近く泊まった。今から三十七年前のシングル一泊六千四百円の部屋が高いか安いか、当時の物価と比較してみたいと思っているが、まだ果たせずにいる。

当時、アメ横で父が買ってくれたオレンジが、ホテルの部屋じゅうに香った。父は先に余市に帰ったが、「あの子を東京に残してくるんじゃなかった」と悔やんでいたという。十八歳の私はたしかに孤独だった。しかし、その後、俳句を始めてから経験したさまざまな「仰天ホテル」を思えば、どうということはない。

卒業の空のうつれるピアノかな

小樽の高校を卒業してから三十数年。在京の同窓生と、議員になったため平日はほとんどこちらにいる同級生を交えて、ごくささやかな会を行った。

建て替え寸前の古い校舎で行われたかつての卒業式を思い出しつつ、「あの日、自分は何をしていたのだろう」と、しばし思いにふけった。

卒業の空のうつれるピアノかな　井上弘美

式が終わっても、まだ高校生だから、皆でどこかに飲みに行くわけでもなかった。たしか、同級生の家が経営していたケーキ屋に流れて行って、しばらく話しただけだったのだと思う。

今回のミニ同窓会では、もちろんお酒が出た。勤務先で重要なポストにつきつつある人や、自分で会社を興した人がいる中で、子育て終了直前の日々を語る元同級生のたたずまいの美しさに感嘆した。この人は、どのように歳月を重ねてきたのだろう。何がこの人をこんなに綺麗(きれい)に保たせてきたのだろう。よく考えてみると、彼女は高校時代から凜(りん)とした人だった。顧みて自分はどうなのか大いに反省しつつ、同い年しかいない会を後にしたのである。

ケーキ焼く子が厨占め春休

夏や冬と異なり、「春休み」（俳句では「春休」と表記することが多い）はちょっとだけ特別。それは宿題が一切ないから。さる歳時記の編集委員会を一年以上続けた時も、「春休みっていいよね」という話題になった。

ケーキ焼く子が厨（くりや）占め春休　稲畑汀子

ボーイフレンドのためにか、慣れぬ手つきで懸命に「ケーキ」を焼き上げようとする少女の姿が可愛（かわい）い。

中学に上がる直前の春休みに、小樽の書店で詩集を買ったことがある。貰（もら）った図書券を握りしめ、できれば高村光太郎のものを買いたいと意気込んでいたのだが、残念ながらその店にはなかった。代わりに、島崎藤村の本を買った。小学校卒業ほやほやの身には、カラー写真も載っているその詩集の立派さが眩（まぶ）しかった。と同時に、「ねむれる春ようらわかき／かたちをかくすことなかれ」（佐保姫）といった文語定型詩に戸惑った。ただ、意味もわからぬまま読んでいるうちに、リズムの心地よさにはまってしまった。もしかするとあれが、定型詩への第一歩だったのかもしれない。ちなみに「佐保姫」は春を司（つかさど）る女神のこと。それを知ったのは、後年、俳句を始めてからである。

2016・3・27
はるやすみ 春休＝春

入学の子のなにもかも釘に吊る

四月といえば「入学」。幼稚園も含め、小学校から大学院に至るまで、各地で式が執り行われる。欧米に合わせて秋に移すという意見もあるらしいが、俳人としてはやはり、もの皆目覚める春のものとして考えたい。

入学の子のなにもかも釘に吊る　森賀まり

初めて目にした時、「なるほど」といたく感心した句である。児童は学習のための道具を教室の「釘」に吊り下げる。今どきならば学校の玄関にロッカーもあるのだろうが、それは上履きや靴を入れるのがメインであり、教室ですぐ使う道具を置くには適さない。

かれこれ五十年近く前の、余市町立大川小学校の入学式当日の教室での写真が手もとにある。今と違って、皆が写真を撮りまくりの時代ではなかったが、カメラ好きの父は折に触れて撮影していてくれた。

当時の教室の机はかなり古い作りで、蓋を開けてそこに教科書等を収納する仕組みになっていた。式当日に開けた時、そこには上級生が折ってくれたらしい紙の鶴その他が入っていた。行動がとろいことを幼いながらも自覚していた私にとって、不安を払拭してくれる優しい気遣いだった。

2016・4・3
にゅうがく 入学＝春

遠足の列恐竜の骨の下

小学生の頃、国語の教科書のある記述を読んで、かすかな違和感をおぼえた。そこに載っていたのは、無記名の、子どもが書いた作文らしかったことを記憶している。

なぜ違和感をおぼえたかというと、その「遠足」の記事が、「電車に乗って鎌倉に行きました。大仏を見て、そこからまた電車に乗って次のところへ……」というように、移動の手段が「電車」だったことによる。え？ 遠足って歩くものではないのか？

遠足の列恐竜の骨の下　山尾玉藻

大阪生まれの、根っからの都会人である作者の句。おそらくは、都市にある博物館を見学した際の作品なのだろう。「恐竜の骨の下」が、曰く言い難いリアリティーを醸し出していて面白い。ちなみに、「遠足」は春の季語になっている。

余市で私が経験した遠足は、結構過酷だった。目的地までひたすら歩き、着いたと思ったらすぐに帰る、例年その繰り返しだった。定められた額のおやつも一応は持って行ったが、食べる暇がなかった。バナナ、ゆで卵、チョコレート。当時、遠足に持って行ったのに食べることのなかったものを見るたび、ほんの少しだけ切なくなる。

2016・4・24
えんそく 遠足＝春

春兆す髪ふんわりと女教師

授業参観については、簡単に説明しがたい思い出がある。児童や生徒が少しだけ学校に慣れた頃、保護者が教室に赴き、見学するのが授業参観だが、かつてはお母様方がかなりのお洒落（しゃれ）をして臨んだのだった。

大昔と呼ぶしかないわが小学校の授業参観のさなか、私はそっと教室の後ろを見た。お母さんたちはきものを着ていた。さらには、黒い羽織まで。もっと言えば、美容室で髪をセットしてきているものだから、ヘアスプレーの匂いが立ち込めて、当時の授業参観は一種異様なものだった。母親たちが気合いを入れて集まって来たのだから、先生方はかなり気を遣（つか）ったのではないだろうか。

　春兆す髪ふんわりと女教師　宮原純

この句はお母さんたちではなく、先生の髪型（かみがた）を詠んだもの。春爛漫（らんまん）の時期より少し前を描いた楽しい作品だが、この先生も、授業参観の日はかなり疲れたのではないか。

今思えば、全てスマートには行かない、いわゆるダサい時代だった。その代わり、「頑張れば何とかなるかも」と思える頃でもあった。親たちは、学校の先生に過大な期待を押し付けることもなかった。

2016・5・1
はるきざす 春兆す＝春

父ほどの男に逢はず漆の実

「授業参観ばなし」の続きである。昭和の授業参観は、「母親参観日」だの「父親参観日」だので満ち満ちていた。現代ならひとり親家庭もかなりあるため、こういった分け方は難しい。

私の父は、全ての学校行事に出かけてきた。母は、子どもの学習については一切関心を持たなかった。というか、父が出しゃばっていたため、出番がなかったのかもしれない。

父ほどの男に逢はず漆の実　遠山陽子

「漆の実」は秋の季語だが、このエッセイにぴったりなので選んでみた。今、こうまで言い切れるか自信はないが、作者の気分はわかる。強烈な父親を持った娘は、実は不幸である。後にどんな人が目の前にあらわれても不満なわけで、これは一生変わらないだろう。

父は、授業参観の際、娘を厳しくチェックしていた。「ミチは今日、二度、自信なさそうに手を挙げた」などと必ず言った。そして私は、母親たちしかいない参観日に、一人だけ交じっていた父親のことが恥ずかしくてならなかった。しかし、当時の田舎では稀(まれ)だった教育熱心な男親として、再評価すべきなのかもしれない。

2016・5・8
うるしのみ 漆の実＝秋

ふるさとの波音高き祭かな

もうすぐ、郷里の「祭」がやってくる。というか、その季節になる。私が物ごころついた頃以前からかもしれないが、神輿（みこし）を担ぐ人は、昭和四十年代の町内には既にいなかった。トラックの荷台に乗っておみこしは町を巡行した。

東京都内の祭を見ると、担ぐ人がいなくなりかけたところもあるが、途中で誰かが何とか盛（も）り立てて、存続しているところが多い。「あそこは担ぐ人が少ないらしい」と聞くと、ボランティアとして都内各地へと遠征する場合も多々あるようだ。

ふるさとの波音高き祭かな　鈴木真砂女

千葉県鴨川市の旅館の娘だった作者。結婚生活の破綻や出奔など、人生においてのさまざまな事件があったようだが、この句のさり気（げ）ない完成度は忘れがたい。

「祭」は夏を実感させてくれる季語。重大な災害があると後回しにされがちなものではあるけれど、実は地域の人たちの心を支えてくれるのが「祭」である。といいつつも、後にしてしまった故郷を思う時、「なぜ残って神輿を担がなかったのか」という自らの声が聞こえてくる。

夏休み親戚の子と遊びけり

少し早いけれど、七月に入ると気分的にうきうきしてくる。「ああ、夏休みはもうすぐ」、と。

でもそれは長らく東京近辺に住んでいる者の感覚である。道産子感覚に戻って考えてみると、「それ、ふつう、七月もかなり後半でしょう」になる。

私にとっては、今も余市に住んでいる姉の誕生日が基準になる。ああ、お姉ちゃんの誕生日が来れば夏休みだね、などと思ってしまうが、はたして姉自身がどう思っているかは知らない。

夏休み親戚の子と遊びけり　仁平勝

この句同様、わが「親戚の子」も余市に遊びに来てくれた。小さな海水浴場で泳いだり、磯で蟹（かに）を取ったり、短い夏をそれなりに楽しんだ思い出がある。ただ、もともと親類の数が少ないため、夏休みの間中、一緒に遊びほうけた記憶はあまりない。

かつて、小学校には「夏休み帳」があった。ドリルのような冊子で、休みの一日目だけ頑張れば、ほとんど書き終えてしまえるものだった。ただし、工作や図画は後回しにしてしまいがちで、それが夏休みの後半に影を落とすこととなる。

2016・7・17
なつやすみ 夏休み＝夏

ひとつだけ回らなくなる盆燈籠

お盆に灯籠をともし、仏を迎える家も多い。しかし、たとえば一対の盆灯籠を備えていたとして、中にはくたびれてしまうものも出てくる。

ひとつだけ回らなくなる盆燈籠　青山酔鳴

作者は北海道在住である。かすかな切なさのある句であり、「ご先祖さま、頑張れ！」といいたくなる。

「回り灯籠」は夏、「盆灯籠」は秋。でも、お盆の灯籠でも回るものがあり……と考えると、頭が混乱してくる。いや、それよりも、どんな思いで灯籠を用意したかのほうが大事ではないかと、近年思うようになった。

母が急死した六年前の送り盆の灯籠流しは、長く心に残るものとなった。余市では、おそらく今では珍しい二十日盆の風習があり、同日の夕方に宗派を超えて町じゅうの僧侶や信徒が港に集まる。そして灯をともした灯籠をたくさんの漁船にきちんと積み込み、沖に出る手前で海に次々流す。それは光の首飾りのようになり、さびしくもまことに美しい光景だった。「お母さん、さようなら、さようなら」と心の中で叫びながらも、その時、一句もできなかったと後で悔しがったのは、俳人ならではの業といえるのかもしれない。

2016・8・21
ぼんどうろう 盆燈籠＝秋

黒葡萄祈ることばを口にせず

三十代半ばで世を去った正岡子規は、まれに見る健啖ぶりを発揮した人だった。その子規の忌日がたまたまわが父の亡くなった日であることは、奇偶であるとしか言いようがない。

父は、いったん退院する前に「ここを出たら食べたいもの」を記したメモを残していた。カレーライス、とんかつ等、ちょっと重めの、いわゆる昔の洋食メニューである。実際にはそれらを全く食べられず、そのまま自宅療養の果てに亡くなったのだが、今でもあの紙切れを折に触れて思い出す。父が東京大空襲で焼け出されなかったら、疎開で余市に来なかったら、私たち三姉妹はこの世に生を享けなかっただろう、とも。

黒葡萄祈ることばを口にせず　井上弘美

食と俳句に関する著書にも書いたが、父がさいごに口にしたのは、カステラと葡萄だった。もう助からないとわかっていたのに、姉は必死でその柔らかい食べ物を食べさせようとした。あの不思議なくらい静かな瞬間は、わが人生の中で大きな位置を占めている。と同時に、父が意識を失ったその夜、忘れられがちな三姉妹の真ん中、すなわち私は、父と手をつなぎながら眠ったのだった。

上手にも橋きらきらと松の内

年明けからすでに数日、正月気分もすっかり抜けたころだろうか。自分が年を取ったせいなのか、世の中が妙に忙しくなったのかはわからないけれど、いろいろな行事が来てはすぐに去ってゆくように思う。

本来、新年というものはひっそりと来て、町中、しんとしていて……。いや、違う。わが実家は、元旦から店を開けていたので、「お正月こそ勝負のとき」だったのだ。模型屋にとって、年末のクリスマスは案外暇である。子のために出来合いの玩具を買う大人が多いから。それに対して、プラモデルだのラジコンだのを扱う模型屋は、「お年玉を握って自分で買いに来る子どもたち」の殿堂であった。

上手にも橋きらきらと松の内　宇佐美魚目

今でも不思議に思うことが一つ。それは、新年の店の売り上げを、父が子（たとえば私）に持たせ、銀行に行かせたこと。百円札などというものがあった時代だったから、その厚みは大変なものだった。雪の降る中、持ち慣れないお札の束を持って「たくぎん」に行ったことは、懐かしくて不思議な昭和の記憶である。

2017・1・8
まつのうち 松の内＝新年

夕桜ひとを悼むに猫抱きて

仕事柄、「〇〇賞の集い」や「△△さんを偲ぶ会」等に出席する回数が多い。しかし、無理な時は、スタンドフラワーを届けるようにしている。この一か月間に、「受賞祝いの花」と「急逝のための供花」を送る機会があった。どちらも俳都・松山在住の人である。前者については大きな賞だから、その勤務先である学校に届けたかった。なぜなら、授賞式のための休みが取りやすくなるのではないかと考えたからだった。

しかし、後者の、急逝した友人のための花は、通夜に間に合うように葬儀場に直接注文するしかない。納得の行かぬままお願いしたけれど、その花を写真で見てげんなりした。こんなに貧弱な花では、わが友は成仏できないのではないだろうか。

夕桜ひとを悼むに猫抱きて　櫂未知子

珍しく、自作を記しておく。訃報を知ってから、三日ほど落ち着かなかったため。

親類が多くないからか、私は訃報に過敏に反応してしまう。個人的につながりの深かった人ならば、香典だけではなく、心安らぐ花も送りたいと思うだろう。それゆえか、札幌あるいはその他の地域の親戚等に花を送るたびに「なに、この花のわびしさは」と腹を立てることが多い。

面白いことに、余市のさる花屋は、私の知る限り、どこよりも豪華な花を用意してくれる。二十年以上前の父の死の際、そして六年半前の母の死の際に、その花屋は想像を超える美しい花を用意してくれた。

花があるからといって、悲しみが癒えるわけではない。しかし、きちんとサヨナラをするための、何かのしるしは欲しい。この世には、納得の行く別れとそうではない別れがあるのだから。

2017・4・9
さくら　桜＝春

さきみちてさくらあをざめゐたるかな

東京に住む人は、「桜、さくら」と騒ぎ過ぎるとつねづね思っていた。ところが、気が付けば、「いつ開花?」「満開は?」などと、気象庁を急かしたくなっている自分に驚く。

わが家から歩いて二十分ほどのところに、靖国神社がある。ご存じ、開花宣言の基準になる桜の木があるところだ。今年はその木が早く咲き過ぎただの、遥か離れた鹿児島の花が遅いだの、これまたにぎやか。それはともかく、今年も都心の桜を楽しんだ。神楽坂、飯田橋、靖国、そして千鳥ケ淵。少し郊外の樹齢数百年と思われる古木の桜も美しかった。

さきみちてさくらあをざめゐたるかな　野澤節子

俳句に親しんできたことの喜びの一つに、ある見事な桜を目にすると、つい、名句が口をついて出てくるということがある。ああ、この句は桜の美しさをつつましく、そして余すことなく表現しているなと、先人の作品のレベルの高さにあらためて感動するのである。

少し前、写真を中心とした「OTARU Ture *Dure」(WATASHI-BRAND発行)という小冊子が創刊された。表紙と奥付に横文字がたっぷり躍っているのは、基本的に日本語しか使わない俳人の立場としてはいささかつらい。しかし、小樽及びその周辺をゆっくり見直してゆこうとする姿勢は、かなり好感が持てた。

その春号に載っていたのは、余市川の桜並木だった。桜の枝が人の目の高さより低い位置にくるように植えられているため、実にユニークな花見ができるという……郷里を新たな目で見ることを教えられた気がした。

聖者には長き死後ありリラの花

木に咲く花、しかも晩春から初夏にかけて香りのいい花といえばライラックである。子どもの頃、余市の実家の庭に薄紫の花を咲かせるリラの木があった。

わが実家のライラックは、東京での事業に失敗した祖父が、のちに広めの庭を確保できた余市に植えたものだったのかも（実際に土地を購入したのは私の父だが）。早すぎる晩年を迎えた祖父は、妙に庭に凝った。半年以上雪に埋もれてしまう地に池を作ったり、あれこれ花木を植えたり。今思えば、無聊（ぶりょう）というしかない日々を、庭木に凝ることでやり過ごしていたのかもしれない。

その祖父の息子、すなわち私の父は、その親の年齢を超えることもなく世を去った。わずか六十歳そこそこだった。父は、植物も動物もいつくしみ、結果として「すべてのお父さん」ではないかと思えてしまうような人だった。これは誇張でも何でもない。事情があって一年だけ実家に預けた私の気難しい猫が、ゆったりと父に甘えまくっているのを目にした時、実感したことである。彼（猫）は、それまで私以外の人に気を許したことがなく、まして男性なんて。

しかし、父は早く世を去った。あの猫もとっくに死んだ。気が付けば、余市のライラックは消えてしまっていた。

聖者には長き死後ありリラの花　片山由美子

実家の建て替えの後、「ライラックを植えて」と姉にお願いした。そして今年、その木が花を付けた。私は子どもの頃に戻りたいというわけではない。ただ、この花のそこはかとなき芳香は、ある家族の軌跡を静かにたどるにじゅうぶんな、さびしさと華やぎとを持っている。

2017・6・4
りらのはな リラの花＝春

宵宮や幼なじみも子を連れて

単に「祭」というと、俳句では夏祭を指す。春祭や秋祭は農作物の実りを願ったり、あるいは豊作を感謝する意味を持つのがほとんどだが、夏祭は疫病などから守ってほしいと願う意味合いが強い。郷里の余市神社の祭も六月だから、やはり夏祭の一つなのだろう。

余市の祭の面白さは、本来、参るべき神社からかなり離れたところに夜店が並ぶこと。これは、町の中心地が、ずいぶん前に神社周辺から駅近くに移ってしまったからなのかもしれない。合理的といえばそれまでだけれど、祭の本来の意味を考えるとかなり奇妙でもある。しかしこれも、北海道らしい選択の仕方なのだろうか。

宵宮や幼なじみも子を連れて　三村純也

関西で生まれ育った作者の句。本祭前夜、言葉を交わし、挨拶をして……多くを語らないぶん、余韻のある作品である。

祭といえば、私にとっては「射的」。これには憧れた。「余市の児童生徒は、やってはならない」とされていたからだった。射的はコルクの弾を詰め、何かにうまく命中させる、そしてそれを景品として貰う。今思えば、色あせたトランプだったり、聞いたことのないメーカーの菓子だったり、どう考えても「射倖心をあおる」とは言いがたい品ばかりである。しかし、子どもの健全なる育成を願う大人にとっては危険に見えたのだろうか。

今、吟行の際に射的を見かけたら、私は必ず試す。若い人たちが呆れるのも構わず、「とにかく、やらせて」と言いながら。この前は、ニューヨークの自由の女神像をいい加減に模したものをゲットした。子どもの頃にできなかったことをぞんぶんに味わえる、大人ってなんていいのだろう。

2017・6・18
よいみや 宵宮＝夏

果樹園の土の湿りや赤のまま

余市吟行をした。以前は北大の植物園なども試したが、ここしばらく、余市での葡萄狩とジンギスカン鍋の組み合わせの評判がよく、今回で三回目となった。まずは、余市駅に集まってもらう。そして、タクシーに分乗して果樹園へ向かう。それぞれ、プルーンや葡萄をつまんだりして昼食となる。そしてまた、タクシーに乗って句会場に移動する。岩見沢、苫小牧、帯広など、「この後、どうやって帰るの」と思うしかない遠い地から来てくれた人々に感謝するしかない。

果樹園の土の湿りや赤のまま　天田牽牛子（あまだけんごし）

岩内から自家用車で来てくれた作者。「赤のまま」は、いわゆる犬蓼（いぬたで）の花である。果樹園で見た赤のままは、本州で見るよりも大きく、不思議な存在感を持っていた。

吟行の前日、上士幌高校で教えている姪（めい）がたまたま余市に帰って来た。「ならば、神威岬まで車を出してね」とお願いした。先ごろ出した第三句集『カムイ』のせいか、いろいろな人に「その岬って、どういうところなのですか」と尋ねられることが多いゆえである。帰郷した時にいつでも行けると思うと、人は案外出かけて行かないものだ。たとえば、東京在住の人がスカイツリーをわざわざ見に行かないように。

運転できないせいもあるが、神威岬へ行くのは実に数年ぶりだった。記憶通り、風がはなはだ強く、全てを拒むべく岬はそこにあった。何でも受け入れてもらえるような景色は、人の心を優しくする。それに対して、あらゆるものを拒む景色は、「人間ってたったこれだけのものなのだ」と教えてくれる。久しぶりの積丹ブルーは、「おまえはこの程度だろう」としっかり囁（ささや）いてくれた。

ひそやかに肉噛みしめて雪あまた

この原稿がゲラ（校正刷り）になる頃、私は余市の実家でいつものようにたっぷりと姉の世話になっているのかしら、と思う。

私は実家で朝飲んだミルクティーのマグカップすら洗わない（だって、優しいお姉ちゃんが完璧に始末してくれるんですもの）。自分で洗おうとしても、姉の怖い目がすぐそばにあれば無理ですって。きれいに洗ってるかどうか、使った順にカップを重ねているかどうかをじいっと見ている姉がいる限り、わが手は硬直し、使った碗を自ら洗うなんて、とてもとても。

実家に行った時、私は、いつもかなり遅い時刻にぼんやり起きる。起床後は、二軒先のラーメン屋で昼にしようか、車があればちょっとだけ遠出しようかなどとも考える。とにかく、だらだらと、何となくパスタでもパンでも昼食にいいかしら、と。そのあたりは姉も鷹揚で大変結構である。

問題は夕食。義兄と姉と私が一緒だと、何を食べたらいいのかさっぱりわからない。肉類が一切ダメで好きな魚の種類も限られている義兄と、肉はホルモン以外大丈夫だが、野菜の好き嫌いのすさまじい姉と……。たまにしか余市に来ない私との相性はともかく、姉夫婦が今まで別れずに来たこと自体が驚きである。食べ物の相性こそ怖いものはこの世にない。

ひそやかに肉噛みしめて雪あまた　櫂未知子

今回、「あら、このご夫婦、たった一つの共通項があったのね」とわかった食べ物があった。鰻だった。二人とも好きで、二人とも喜んでくれた。少し旬はずれているけれど、どちらも喜んでくれるなんてめったにない。鰻はさまざまな事情からめちゃくちゃ高い。じっくり食べてください。

2017・11・26
ゆき 雪＝冬

足の向くところかならず春の泥

春分は毎年三月二十日ごろ（今年は二十一日）。二十四節気の一つで、ちょうど彼岸のお中日に当たる。俳句で単に「彼岸」といえば春であり、秋は「秋彼岸」として区別しているのは面白い。彼岸といえば、本州ではこの日に墓に参る人が多い。ところが余市の実家では、この時期に墓に行った記憶がない。記憶違いだと困るので、姉に電話して確かめたところ、やはり、この時期に墓参りをしたことはないという。「まだ雪が残っているし、当然足元が悪いし、わざわざ行く人は案外少ないのじゃないかしら」という答えを得られた。

　足の向くところかならず春の泥　草深昌子

雨が降ることによって泥濘（ぬかるみ）ができるのみならず、凍解や雪解けによって、春先はぬかるんだ道が多くなる。この句は、そんな春のありようを的確に言い得ており、心に残った。春らしく暖かくなってゆくことの代償のように、あちらこちらに泥まみれの場所が出現する。なるほど、である。

　実家では、お盆の墓参はもちろん丁寧に行ったし、今も同様である。秋の彼岸はたまたま父の祥月命日に近いため、これもきちんと行っている。さらにいえば、私が小学校の高学年になるころから始まった「大晦日（おおみそか）から元日にかけての墓参」も数十年続いている。雪中を漕（こ）ぐようにして墓にたどり着き、静かに祈るのはとても気持ちがいい。ところが、春の彼岸だけは、なぜか存在感が薄いまま。

　姉は仏壇を磨き過ぎて桟を折ってしまうほどに、先祖に対する思いが深い。だから信仰心の薄さゆえに彼岸の墓参りをしないわけではない。他の北海道のかたがたは、この春の彼岸をどう過ごされているのだろう。

2018・3・18
はるのどろ 春の泥＝春

青嵐神社があったので拝む

東京で生まれ育った幸田露伴は、電信技術を学び、技師としてなぜか余市に赴任する。二年ほど勤めた後、全てを放り出して東京へ逃げたことを知ってから、私は露伴についてあまりいい印象を持っていなかった。だから、彼の句碑（冬の季語なので、ここでは触れず）の存在を知っても見に行こうなどと考えたことはなかった。

ところが、近年、露伴の句碑を含めた余市町内の「開運文化財めぐり」がはやっているのだという。これには驚いた。余市神社（よい地）→幸田露伴句碑（幸）→福原漁場（福）→ヨイチ運上屋（運上）→三吉神社（三吉）というように、縁起のよい名前の場所をめぐり、スタンプを押してゴールを目指すという。回る順番も決まっていて、適当に訪ねてはいけないらしい。

こういったことを、いったい誰が考えついたのだろう。地方都市の例に漏れず、余市も過疎化や人口減少に悩まされている。たまたま訪ねた人が気づいて口コミで広まったのか、町内在住の人が考案したのかは定かではない。

青嵐神社があったので拝む　池田澄子

余市で詠まれた句ではないが、楽しい一句を挙げてみた。本当にありがたいかどうかにかかわらず、たとえ旅先であっても、ついつい手を合わせてしまうのが日本人である。

先に挙げた三吉神社は、余市の大川町五丁目在住の人以外は全く知らない神社。実家から歩いて一分ぐらいだろうか、九月の秋祭りの時は姉夫婦がせっせとクレープを焼いたり、くじ引きを手伝ったりと忙しい。思いがけないことでスポットライトを浴びたこの社に、道民の皆さま、ぜひいらしてください。ただ、何も特徴はないですよ。

2018・6・24
あおあらし 青嵐＝夏

勝手口持たぬ暮しや西瓜切る

立秋を過ぎてもまだまだ暑い。母が世を去った平成二十二年の夏は、北海道も暑かった。葬儀会場の冷房はほとんど効かなかった。

今、俳句の入門番組の選と指導を任されており、八月のテーマは「これは秋の季語です」。妙に響くかもしれないが、これは誤解されがちな季語について語ったもので、その典型的なものは、枝豆や西瓜などだろうか。ちなみにどちらも秋である。

母は西瓜が大好きだった。しかし、人工透析を受けていたため、晩年はぞんぶんに食べることがかなわなかった。出棺の際、「何か好きなものを入れてあげてください」と葬儀社の人にいわれた。そこで、友人たちが供えてくれた西瓜を切り、柩(ひつぎ)の中に散らすことにした(余市は果物の町なので、葬儀に果物を供えてくれることが多い)。

真っ白な上掛けの上一面に、西瓜を散らした。白に赤が映え、とてもきれいだった。その一方で、「これはかなりシュールで、不思議な光景だ」と感じた。棺の中が西瓜だらけになったからである。同時に、「西瓜は本来、秋の季語よね」と頭の中で分類している自分がいた。俳人の性というか業というか、ある意味において情けない。

後日、姉に聞くと「あれは最初、一切れか二切れのつもりだった」とのこと。「ところが、葬儀社の人が一玉全部を切ってくれちゃったので、あんなことに」

勝手口持たぬ暮しや西瓜切る　櫂未知子

葬儀の後、帰京してからできた一句。私にとって西瓜→たくさんごみが出る→勝手口から出す、というイメージになってしまっている。しかし、東京のマンション暮しではそれはかなわない。全て、玄関経由。ゴミ出しもどこかへ出かけるのも。

2018・8・19
すいか 西瓜＝秋

歯がぽろり糸瓜忌にあったできごと

最近出版された俳句とエッセイ集にこんな句があった。

　歯がぽろり糸瓜忌にあったできごと　紀本直美

格調高いというより、ほとんど呟きに近い。作者はTwitterをしているらしいので（「している」で合っているか）、自ずから文体もそうなってくるのかもしれない。

「糸瓜忌」は俳人正岡子規の忌日であり、九月十九日。明治三十五年のことで、わずか三十代での死だった。この「糸瓜」は彼の絶筆三句にちなむ。あれほどの実績を挙げた人が、今日の基準でいえば青年としかいいようのない若さで世を去ったことは、残念であると同時に驚異である。

　子規はたくさんの俳号を持っていた。「獺祭書屋主人」もその一つだから、この忌日を「獺祭忌」ともいう。この「獺祭」、さる酒の名前でもあることから、近年、読める人が増えたのは面白い。

　多くの俳人が、会ったことのない正岡子規の忌日を一句にする。それは、俳句を独立した詩として高めてくれた近代の巨人だということもあるだろう。しかし、私にとっては、六十一歳で世を去った父の忌と同じだということ、それが重要だ。

　平成四年、病院ではなく余市の自宅で父が息を引き取った時のことを今でもよく覚えている。当時、姉は三十代前半で、妹は二十代の終わり頃、「お父さんが全て」と思い込んでいた三姉妹は、文字通り途方に暮れた。その父の年齢に近づきつつある今、自分はいったい何をなせただろうと思うことしきりである。父が亡くなった時、青春の名残をまだ引きずっていた姉妹は、四捨五入すればみな還暦になってしまった。

2018・9・16
へちまき 糸瓜忌＝秋

よく掃いてあり柊を挿してあり

節分が近づくと、福枡（ふくます）を出し、豆撒（まめまき）用の豆を買ってくる。売っていれば、柊（ひいらぎ）もスーパーマーケットで入手してくる。この柊、枝豆の殻とセットになっており、「はっきり言ってゴミでしかないものに値段を付けるのね」と毎年思いながら、買う。そして、本来は鰯（いわし）の頭を刺さなければならないのよね、と思いつつ。

　よく掃いてあり柊を挿してあり　山本洋子

柊だけでは季語にならず、「柊挿す」で初めて冬の行事の季語になる。秋の案山子（かかし）が本来は「嗅（か）がし」であって、いろいろと撃退するために臭いものを焼いて立てておいたのと同様、節分のこの季語も「臭いもの」が大切だった。

　節分といえば、余市のリタ幼稚園での豆撒を思い出す。度外れというべきとろさを誇っていた私も、先生方の優しさのおかげで、この日をそこそこ楽しむことができた。落花生、あるいはキャラメルなどを拾いながら、「豆撒って楽しい」と思ったことを覚えている。

　ところがこの、「大豆以外のものを撒く」のは、どうも日本の中でも北海道や東北地方に限られるらしい。たしかに、東京では大豆以外のものを撒いているのは見たことがないし、俳人仲間に尋ねてみても、「キャラメル？　何それ」といった答えが返ってくる。

　わが家では、とまどう猫をほったらかしにして夫が毎年「鬼は外」と豆を撒く。その豆はフローリングに転がってしまうから、拾って食べることはかなわない。「落花生やキャラメルならいいのに」といつも思いつつ、「これが東京ね」と我慢してしまうのは少し情けない。

2019・1・27
ひいらぎさす 柊挿す＝冬

試飲して秋思も飲んで仕舞ひけり

春には「春愁」という季語がある。これは気だるくてそこはかとなく哀愁を感じている状態を指す。

それに対し、秋には「秋思」がある。こちらはもの寂しさがあり、漢詩などにも登場する歴史あることばである。かすかな艶っぽさのある春愁に対して、思索を誘う季語だといえようか。

試飲して秋思も飲んで仕舞ひけり　滝谷泰星

出たばかりの第二句集『薔薇（ばら）の富貴』より。作者は札幌在住で、この句には「ニッカウキスキー余市蒸溜所」という前書がある。何がしか抱いていた愁いが「試飲」によってどこかへ行ってしまう、これはなかなかおもしろい。そういえば平成初期のころ、ニッカの試飲はかなりおおらかで飲む量も自由、しかも小さなおつまみまで無料で提供していた。さすがにああいったやり方は、今では無理だろう。

朝のドラマの影響で、ここ数年、いいウイスキーはなかなか手に入らなくなった。いつの間にか、余市の工場の売店のポイントカードも廃止されてしまった。お世話になった俳人さんたちに送るウイスキーをいつもたっぷり買っていたのに、どうしましょう、である。

ただ、いいこともあった。「北海道新聞」にこのコラムを書いているからというわけではないが、道新の「ぶんぶんクラブ会員証」があれば、売店等でちょっと割引してもらえることをお伝えしたい（全部の商品ではない）。私はふだん、物価のかなり高い東京・神楽坂に住んでいるため、店で少々割り引いて貰っても何も変わらないと思っている。ところが、ニッカの値引きは何だか嬉（うれ）しくて、「また来ます！」といいたくなる。

2019・8・25
しゅうし 秋思＝秋

わたつみの光なら欲し葡萄狩

先日、秋恒例の葡萄狩を余市町で行った。直前に人数が多少増え、二十五名だった。このぐらいの人数になると、駅前から果樹園、果樹園から句会場までの移動には、タクシーの分乗しか方法がない。バスをチャーターするのは大げさであるし、かといって「皆さん、それぞれの会場へ適宜行ってくださいね」と放り出すのはあまりにも無責任である。そこそこ面倒をみて、そこそこ放任にする、そのあたりの兼ね合いが難しい。

以前は、札幌の植物園で秋の吟行をしていた。ところが、植物園では何かを採って味わったり、ジンギスカン鍋を囲んだりすることがかなわない。そこで、思い切って数年前に余市吟行に切り替えたわけである。参加者はおおむね札幌以遠に住んでいるから申し訳ないのだが、そこは我慢して貰うこととして。

今回の吟行には、もともと東京在住だった一人の青年が初参加した。立教高校、そして立教大学を経て、新社会人になって旭川に赴任したばかりの人である。東京では同人誌「群青」の企画部長として、フットワークの軽さをぞんぶんに発揮してくれていた。その彼に、まさか北海道で、しかも余市で会えるとは思っていなかった。これはかなり嬉しい。

わたつみの光なら欲し葡萄狩　鈴木総史

余市の果樹園からは、シリパ岬も海も見える。葡萄は内陸のイメージが強いため、考えようによっては、かなり不思議な景色である。それを上品に描いてくれた作者の力量に感服した。道内でも気候の厳しい旭川に赴任したばかりの彼は、今後、どんな仕事をし、どんな作品を見せてくれるだろうか。

2019・10・20
ぶどうがり 葡萄狩＝秋

2020・1・5
みっか 三日＝新年

ひとり居の湯の沸く音の三日かな

子どもの頃、新年を迎えるために、母が純白に近いカーディガンやセーターを用意してくれた。

母自身も編むことはできたと思うが、お正月のカーディガン等については、すぐ近所の方（高山さんといった）にお願いして、作って貰ったはずだ。

今にして思えば、あの大雑把（おおざっぱ）な母が、よくそういったものを手配してくれたものだと感心してしまう。昭和という時代は、編み物教室が盛んだったし、複雑な編み機がずいぶん売れたものだった。

当時、肌着の上に「ジャケツ」と呼ばれるものを着ていたことを思い出す。そのジャケツの上にさらにセーターなどを着て、何だかみんな厚着だった気がする。「北海道の家はみな暖かくて、屋内では薄着なのよね」とよくいわれるが、昭和はけっしてそうではなかった。ストーブのある部屋だけが暖かく、その他のスペースは寒さに震え上がるような感じではなかったかと思う。それとも、これはわが実家だけの感覚なのだろうか。

ひとり居の湯の沸く音の三日かな　　松田ナツ

俳句を始めてから驚いたことの一つに、新年の季語の面白さがある。「元日」は全国共通だからわかるとして、びっくりしたのは「二日」「三日」「四日」「五日」といった、一見単なる日付のようにしか思えないものが季語になっていたこと。ここに挙げたナツさんの句は、はやばやと正月気分が薄れそうな日を描いていてなかなかいい。二日でもなく、三が日を過ぎた四日でもない「三日」がいい。すぐに忘れられそうな日付に、正面から取り組んだ姿勢に心惹（ひ）かれた。

地吹雪のぽつと灯りし市電かな

昨秋、真っ青にならざるを得なかったことがあった。それは、余市の仏壇と墓を守っていてくれている姉の数珠だった。

それが分かった発端は、「母から貰ってずいぶん経ったこの数珠の房、ほつれている」と思った姉が、修理すべくネットで探した京都の店に送ったことにある。余市に戻ってきた数珠の糸と房は、以前とは全く異なる繊細なものになった。

ただ、それでかえって疑問を持つようになったらしい。それは、戻って来た房と、それに添えられた以前の房とがあまりにも違っていたからである。前の房は、雑でばさばさしていた。

それを携帯電話のメールの添付写真で見た私は、蝦夷句会を開く際に、自分の数珠を余市へ持って行き、姉のものと見比べてみた。これはひどい。わが数珠は紫水晶で美しい袋に入っている。ところが、姉のは専用の袋にすら入っていない。

年末恒例の開成学園の京都合宿。宿泊先のすぐ近くに、著名な念珠専門店があった。合宿では、ほとんど自由時間がないが、その店の「仕事納」の時刻三十分前に飛び込んで「あの、数珠が欲しいのです」とお願いした。「京都へ行ったら、買って送るから」と姉に約束していたからだ。

地吹雪のぽつと灯りし市電かな　沼尻世江子句集『北の息吹』より。作者は函館在住である。数珠をやっと手に入れたわが胸中と通ずるものがあり、引いてみた。

京都合宿の際、「数珠が」「数珠が」と唱えていた私を、関係者は多少奇異に思ったかもしれない。でもよかった。お姉ちゃん、ごめんなさい。うちの母がご迷惑をおかけしました。一応、親は同じなのですけれど。

2020・1・19
じふぶき 地吹雪＝冬

葉桜や改札口に父を待つ

新型コロナウイルスの流行で、自由な散歩もままならず、まして、買い物に行くこともかなわない余市の姉から、庭の木々の写真が届いた。聞けば、雑草取りぐらいしか外に出る機会がないという。スペースを持たない東京都心在住の身としては、庭のあること自体がむしろ羨ましい。しかし、せっかく木々が緑を増した季節に出かけることをつつしめといわれる、それは、相当なストレスになっているのかもしれない。

実家の庭に、亡き父が三本の木を植えてくれたことがある。私が小学一年生の頃で、その木には「道子　六才」というプラスチックの小さな札がぶら下がっていた（「道子」は本名。北海道の「道」ですね）。三つ下の妹と同じく八重桜で、なぜか今でも元気いっぱい花を咲かせてくれている。姉の木はなかなかまどで、あの木は、自動車が大破しながらも姉とその赤子、そして同乗していた妹がほぼ無傷で済んだ事故の後、ふっと枯れてしまった。「ななかまどは身代わりになってくれたのかな」などと、後年言い交わしたものである。

葉桜や改札口に父を待つ　石川惠子

『北海道俳句年鑑』（北海道俳句協会発行）より。花が咲き満ちている時ではなく、桜が終わって「葉桜」になった頃であるのがいい。すでに大人になった娘、そしてその娘が父親を待っている、そこが何ともいい。

幼年期に、自分の名札がぶら下がっていた木があったことを記憶しているのは幸いである。それは、自分を愛してくれた人がいたことを確かめることだから。そういった記憶があることで、やがて出合うさまざまな厳しさを、切り抜けていけるものなのかもしれない。

2020・6・7
はざくら 葉桜＝夏

キャンプ張るヒトもヒグマも雑食性

今年は新型コロナ流行のせいで、子どもたちの夏休み期間が変則的らしい。そんな中、余市川の上流で経験したキャンプを思い出した。父、姉（小三）、私（小一）の三人で行った。妹は幼すぎて連れて行けなかった。

重いテントをバスで山奥へ持って行き、それを設営した（自家用車などあまりなかった時代である）。テントの周りに排水用の溝を掘り、父が河原の石でこしらえた炉で枯れ枝に刺した肉を、同じく父が熾（おこ）してくれた火で焼く。そして飯盒（はんごう）で飯を炊いた。西瓜は川で冷やした。今どきのキャンプとは全く違ったワイルドなものだった。あれは、自衛官だった父の経験が生かされたのだろう。

キャンプ張るヒトもヒグマも雑食性　小池澄子

『北海道俳句年鑑』より。この句を読んで心から懐かしくなった。あの夜、父は「このあたりは熊が出る」とさんざん脅したから。でも後で知ったが、実際いるわけで。これは怖い。

しんそこ真っ暗で静かな空、小さな明かり。テントの中で面白おかしく熊の出る話をしてくれたお父さん。ああいった一夜を、人は生涯でどれほど経験できるのだろう。忘れがたき夜を選べといわれたら、私は迷わずにあの余市川を選ぶ。

翌朝、懸命に膨らませたゴムボートでとんでもなく長時間の余市川下りをしたのだが、それはまた別の機会に書きたい。思えば自然豊かな地に連れて行ってもちっとも喜ばず、「虫大嫌い」と公言している余市の姉が、当時同行したことが不思議でならない。サバイバルから最も縁遠い姉が、あのキャンプを私よりよく覚えていること自体が奇跡である。

2020・8・2
キャンプ＝夏

み仏へささぐるあまた草の花

秋になると六十歳そこそこで世を去った父を思う。かれこれ三十年近くたっているので、その死のなまなましい印象は減ったけれど、葬儀のことはよく覚えている。

果物の産地である余市らしく、フルーツの盛り籠がたくさん並んだこと。いつも花をたっぷり挿してくれる花屋さんが、期待通りのみごとなスタンド花を運んできてくれたこと。そして、骨揚げ、法要の段階になると皆くたびれ果てて、微妙に居眠りをしていたことなどなど。葬儀は悲しみだけではなく、もっと具体的で、ときにふっと微笑み（ほほえみ）たくなるエピソードに満ちている。

少し前、「北海道新聞」のおくやみ欄を見る機会があった。時折混じる若いかたの訃報に胸を痛めながらも「あ」と気付いたことがある。亡くなられたかたの年齢を問わず、「葬儀終了」という記述がかなりの数を占めたことだった。こういったことは、以前はなかったはずだ。もしかするとコロナの影響もあり、多くの人が参列する形式を避け、家族だけで送ることが増えたのだろうか。それとも、これを機に簡素化する家が増えたのだろうか。

み仏へささぐるあまた草の花　佐藤宣子

『北海道俳句年鑑』より。本紙日曜文芸選者のつつましくも美しい作品である。「草の花」という無欲な季語のたたずまいもいい。

葬儀を否定する向きも多いが、私はきちんと別れを告げる場が欲しいといつも思っている。今のような状況では望めないかもしれないが、死者の前で手を合わせ少しずつ心の整理をする、それもたしかな別れの形ではないかと思うから。

2020・9・13
くさのはな 草の花＝秋

荒縄に導かれたる葡萄棚

開催すべきかどうか悩んでいた、余市での例年の葡萄狩を先日行った。いろいろな人に声をかけることはせず、あらかじめ夏に申し込んでくれていた人たちだけに絞った。
実際に果樹園に行ってみると、それがいいかどうかはわからないけれど、いつもの年とは違ったあれこれを経験することができた。たとえば園側によると、葡萄棚にぶら下がっている房の一粒を、いきなり手で触ってちぎるようにして食べることはお勧めできないという。つまり、渡されたキッチン鋏(ばさみ)で、自分が食べる部分だけを触るようにして、いちいちぷつんと一粒だけを切り離しては味わい、気に入ったらその房を買ってくださいね、ということだった。また、味見した果実の皮を土に捨てることはやめてくださいと言われた。もちろん、新型コロナ感染予防のためである。

昼食のジンギスカン鍋にも細心の注意が払われていた。今は十五人の団体の全員がいっぺんに食事をすることはかなわない。グループであっても数人ずつ、それぞれの食卓を離しつつ食事ができるようになっていたことに驚いた。なぜ驚いたかというと、食事の場所が完全に屋外だったからである。なるほど今は、これだけ気を使わないと食事もできないのだなと、思いを新たにした。
荒縄に導かれたる葡萄棚　籬朱子
余市の果樹園での句である。葡萄から葡萄へ、もしくは葡萄以外の果物と区別するために、たしかに「荒縄」がわれわれを導いてくれた。
一年前とは全く異なる状況を嘆いていても仕方ない。俳句を愛する人は、俳句を通じて世界とつながっている。とすれば、静かに一句一句刻んでゆくしかないだろう。

2020・10・11
ぶどうだな 葡萄棚＝秋

沢庵は母の手の皺風やさし

この時期になると、子どものころに大根を洗わされたことを思い出す。あれはとてもつらい作業だった。余市の母に手伝わされたのだが、不思議なことに姉や妹が一緒に実家の庭で大根を洗っていた記憶はない。もしかするとこれは、私の被害妄想気味の思い違いゆえなのだろうか。

　沢庵(たくあん)は母の手の皺(しわ)風やさし　近藤由香子

『北海道俳句年鑑』より。わが記憶とは全く異なった、文字通り優しい句である。「沢庵」はたしかによく干して美しい「皺」ができないとおいしくはならない。そういった事情を踏まえての作品であり、大いに納得した。

　思えば、日本全国にその土地ならではの漬物が存在する。北海道でいえば「鰊漬(にしんづけ)」がある。子どものころはあまり好きではなかったが、母は毎年漬けていた。大きな樽に漬け、夕食近くになると誰かが取りにいっていた。「北海道ふうキムチ」めいたものもつくっていた。本場よりは唐辛子を少なくして、あっさりと漬けていた。

　ずいぶん前に長野県にお邪魔した時、なんとお茶請けに野沢菜漬が出てきたのにはびっくりした。そのおいしさには驚いたけれど、その同じものを買って帰っても、東京の自宅では同じ味にならなかった。

　二年前だったろうか、京都合宿の際に「酸茎(すぐき)」の現場を見せてもらったことがある。発酵を促すためのいろいろな工夫をその時に知った。たかが漬物、されど漬物。野菜をどのようにして保存し、どう食べてゆくのか、各地のいろいろな人々に教えていただいた気がする。

2020・12・6
たくあん 沢庵＝冬

第二章 北海道

雲にまで色を移せりななかまど

秋の深まりと共に木々は色付く。中でも忘れがたい赤さを湛(たた)えているものに「七竈(ななかまど)」がある。材質が堅く、七度竈に入れても燃え残るところからこの名があるという。北海道そのものを感じさせてくれるすばらしい木だ。

雲にまで色を移せりななかまど　木内彰志

この句の作者は千葉県在住だったから、おそらくは旅先の北海道で七竈の色に感動したのだろう。

私が小学校に入学した年、父がわれわれ三姉妹のために庭に植樹してくれたことがあった。妹と私には八重桜、そして二歳違いの姉のためには七竈を用意してくれたのだった。

その姉の息子が数年前、旭川で挙式した時、街路樹の七竈のみごとさに驚かされた。葉も実もどこまでも赤く、空気はぴんと澄んでいた。あの幼かった子が結婚するのだという感傷を吹き飛ばすほどに、木々は圧倒的な美しさを誇っていたのである。

じつは東京駅の近くにも、七竈が少しだけある。ただ、当地では昼夜の寒暖の差があまりないせいか、くすんだ赤さにしかならない。厳しい寒さを経験しているからこそ輝くものが、この世にはたしかにある。

2015・10・18
ななかまど 七竈＝秋

綿虫にあるかもしれぬ心かな

俳句を始めた頃、ある季語について、先輩俳人とささやかな口論をしたことがある。それは「雪虫」についてだった。その女性は、「俳句では『雪虫』といえば、残雪の上にあらわれる虫で春の季語。雪がそろそろ降る前触れの虫だなんて、誰も思わない」と断言した。私は、「雪の本場の北国で『雪虫』と呼んでいるのだから、歳時記の『綿虫』という見出しをやめ、こっちをメインにしたいぐらいです」と食い下がった。

その人は、暖地の出身だった。雪をほとんど知らない人の妙にきっぱりとした発言に、当時の私は反発したのだろう。思えば若かった。しかしあれから二十年以上経っても、どうしても「綿虫」で句を詠む気にはなれず、毎年この季語を素通りしてしまっている。

綿虫にあるかもしれぬ心かな　川崎展宏

綿虫、すなわち北海道でいう雪虫の生態にはまだ謎が多いようだ。数年前、雪虫の成虫には口が無いのだと知り、胸を打たれた。交尾してからほどなく死ぬのだから、必要ないのである。寂しくなると同時に、いきものそれぞれの進化のありように、一瞬息を呑んだ。

2015・11・8
わたむし 綿虫＝冬

教室の蒸発皿や雪催

ストーブのように、直接炎を感じさせてくれる暖房に格別な愛情を抱いている。しかし、ふだん東京に住んでいると、エアコンの吐き出す空気や床暖房に接するのがやっとで、なまの炎を体感することはほとんどない。

つい先ごろ、札幌の句会の二次会で、「皿」という字の詠み込みをすることになった。「大皿」「小皿」など、おそらく出るはずだと想像していた言葉がいろいろあった中で、長いこと忘れていたものが出た。それは、「蒸発皿」だった。

　教室の蒸発皿や雪催　増田植歌（うえか）

そうだ、蒸発皿はどこの家にもあった。この句の通り、「教室」にもあった。それで何だか妙に嬉（うれ）しくなってしまい、しばし「蒸発皿談義」で盛り上がってしまったのである。

翌日、余市の実家から三軒先の金物屋の店頭に、懐かしき蒸発皿があるのを発見した。蓋（ふた）もきちんとある正式なもので、実に美しかった。買いたかったが、これを東京に持って帰ったところで、「北海道において、いかに蒸発皿が重要だったか」を説明するのは難しい。花や鳥をめでるのとは異なり、無機質なものへの愛は伝えにくいのだと知った。

石炭や二十世紀は移りつつ

小学校、中学校、高校と、いずれも建て替え直前の校舎に通った。そのぶん、暖房もかなり旧式だった。各家庭で石油ストーブにどんどん切り替えられていった中、わが学び舎(や)はつねに石炭ストーブだった。思えば一九七〇年から八〇年頃にかけて、北海道の暖房は劇的に変わったのではなかったか。ただ、すぐに変更できないような建物はちょっとだけ後れを取っていたようで、家庭での変化よりゆっくりだったと思う。

石炭や二十世紀は移りつつ　京極杞陽(きよう)

俳句を始めてみて、「石炭」が季語になっていることに驚かされた。すぐに冷えてしまう他の暖房とは異なり、長時間熱を蓄えられる石炭は、俳人にとって頼もしく思えたのかもしれない。

高校一年の冬、教室の石炭の供給を止められたことがある。今では理由を忘れてしまったようなことが原因で担任の先生がクラスに雷を落とし、以後、暖房なし。今だったら大問題になったかもしれないが、のんびりした時代だった。オーバーを着たまま授業に臨み、先生も生徒も意地を張っていた。ただ、石炭の有難みは、私の中に長く残った。

2016・1・24
せきたん 石炭＝冬

スケートの両手ただよひつつ止まる

私より少しだけ年上の人たちにとって、「オリンピック」といえば一九六四年の東京である。残念ながら、当時四歳だった私は全く記憶がなくて、後年、「オリンピックといえば札幌でしょう！」と相手が誰であろうと構わず言い放っては、呆れられたものだ。

なぜ呆れられたかというと、札幌オリンピック後のグラフ誌のすみずみまで何度も読み、国内外を問わず選手の名前を暗記していたからだった。「アマチュア規定に違反したとして失格になったのは〇〇選手だったよね」「フィギュアのパトリック・ペラとオンドレイ・ネペラの違いはね」などと話したところで、同調してくれる人がいるはずがない。人の記憶はつねに曖昧であり、当時話題になったフィギュアスケート銅メダルのジャネット・リンのことはかすかに覚えていても、金と銀のメダルを獲得した女子選手のことは、当時も今も覚えていないのがふつうだろう（私はもちろん、そらでいえるが）。

スケートの両手ただよひつつ止まる　森賀まり

郷里の余市からそれほど遠くない札幌で、冬季オリンピックが開催される。当時の小学六年生にとっては、本当に夢のような出来事だった。

スキー長し改札口をとほるとき

札幌オリンピックの少し前、郷里の余市駅前のショップで笠谷幸生選手を見かけたことがある。スキー教室用のワックスを買いに行った時で、母が「ほら、カサヤ選手」と囁いた。すらりとカッコよくて心に残ったが、同時に「こういう小さなスポーツ店にも、ちゃんと挨拶に来るのだな」と思った。その後、オリンピックでの「日の丸飛行隊」の活躍をテレビで見ることがかなった。今だったら、ツイッター等にあれこれ書き込む人がいるのかもしれないけれど。

スキー長し改札口をとほるとき　藤後左右

かつてのジャンプ競技のスキーは細くて長かった。それを担いで登ってゆく選手の姿が、前回ここに書いたグラフ誌にしっかり載っていた。当時の選手たちは、ほとんど苦行のように一段一段階段を登って行った。

東京の人を、夏の大倉山シャンツェに案内したことがある。てっぺんに立ってみると、気が遠くなるような高さで足が震えた。そして、「子どもの頃から飛んでいないと、絶対にジャンプの選手にはなれない」と実感した。ビルの屋上から飛び降りるような練習を日々繰り返している選手に対し、畏敬の念を抱いたのである。

人はみななにかにはげみ初桜

この原稿が載る頃、東京の桜はみごとに散っていることだろう。
都内では、「いつ開花するか」「いつ見ごろになるか」を三月初め頃から、いや、二月中からやきもきしながら見守るのがふつうである。杉の花粉情報を連日伝えながらも、「染井吉野がいつ咲くか」を気象予報士は懸命に予測する。そして、開花が近づいてきた時には、靖国神社にある基準の木が注目される。靖国はわが家からはたまたま歩いて行ける距離にあるので、開花をぜひ見に行きたいのだが、各テレビ局が待ち構えているかと思うと怯んでしまう。

人はみななにかにはげみ初桜　深見けん二

優しく、心にしみる作品である。人はそれぞれすべきことをし、声高ではなくこつこつと日々を送る。そして、ある日見上げた青空に、その年初めての桜を見いだすのだろう。
北海道にいた頃は、とにかくいろいろな花が一度に咲くので、桜だけに注目している暇はなかった。それを寂しいと感じる人がいるかもしれないが、あらゆる命の息吹を一度に感じられる北国は、実はゆたかである。俳句とかかわる者にとっては、少し不利に働くかもしれないけれど。

2016・4・10
はつざくら 初桜＝春

聖者には長き死後ありリラの花

北海道を代表する花のうち、私が特に愛するものはライラックである。香りといい、異国の風情といい、ほとんどうっとりしてしまうぐらい。札幌の「ライラックまつり」は、毎年、五月中旬ぐらいから催されるという。ところがライラックは、歳時記では「春」に分類されているのである。花の盛りは、立夏をとうに過ぎた頃なのに。

聖者には長き死後ありリラの花　片山由美子

前にも引いた句である。私はよほどこの句が好きらしい。ライラックは英語、そして「リラ」はフランス語の名。「ライラック冷え」とはいわず、「リラ冷え」というのがふつうなのは面白い。ここに挙げた片山由美子の作品は、死して後、聖人に列せられるまでの長い歳月を描いているのだろうか。それとも、「聖者」として認定されてからも長い「死後」が待っていることを詠んだのだろうか。

子どもの頃、余市の実家にはライラックの木があった。忘れ難かったため、建て替えの際、「是非、植えて」と姉に頼んだ。「庭はできるだけ小ざっぱり」をモットーとする姉は難色を示したが、一応やってくれたらしい。しかし、家の二階から海の見えるような土地では育ち難いようである。

2016・5・15
りらのはな リラの花＝春

こんなにもさびしいと知る立泳ぎ

各都道府県の県民性や、各地の不思議な食べ物や習慣などを紹介する番組がある。私はこれが好きで、毎週見るのを楽しみにしている。

数年前、この番組で、北海道の人々の「浜辺での楽しみ方」を紹介していたことがあった。みんな、何かを焼いては食べ、食べては焼いている。TV局のスタッフが尋ねる、「あのー、泳がないんですか」と。道民の答えが面白かった。「え。本州の人たちは泳ぐんですか」

真夏の海岸といえば、「泳ぐ」ことを第一に考えるのがふつうである。しかるに道民は、泳ぐことそっちのけで、焼く、食べるを繰り返す。

こんなにもさびしいと知る立泳ぎ　大牧広

子どもの頃、最初は喜び勇んで海へ入った。しかし、水の冷たさに体が冷え切ってしまう。じきに唇が青くなり、「あ、ぶし色になってるよ」などといわれたものだ。この「ぶし色」は北海道の方言らしいが、もともと「附子(ぶし)」という由緒正しい言葉から来ているらしい。

とにかく、大人になってわかった。修行のように泳ぐよりも、浜で何かを焼いて食べ、夏本番を喜ぶことのほうが、ずっとずっと楽しいと。

2016・7・24
たちおよぎ 立泳ぎ＝夏

避暑の子や白き枕を一つづつ

前回は、何かといえば夏の浜辺でものを焼いて食べる道民について書いた。実は私も、「何かにつけて外で焼いて食べること」が大好きである。浜辺に限らず、川岸でも庭でもどこでもよくて、もしも俳壇に「バーベキュー研究会」があるのなら、会長に就任したいくらいだ。しかし、東京に住んでいる今では、たとえ研究会があったとしても、なかなか活動はできないだろう。「焼く」ことに対して、都会はかなり狭量である。

避暑の子や白き枕を一つづつ　岸本尚毅

たとえば軽井沢あたりの貸別荘でなら、ぞんぶんに焼くことができるかもしれない。毎年、同町近くで俳句のボランティア活動を数日間する機会があるため、今年は精力的に物件を探してみた。しかし、条件がなかなか合わず、今回も断念せざるを得ないようである。

迷惑がられつつ、実家の物置にバーベキューセットと七輪(しちりん)を預かって貰(もら)っている。本当は帰郷するたびに盛大に庭で焼きまくりたい。しかし、以前やった時には、途中でご近所のかたがたから材料の差し入れがあった。ありがたいと思ったのと同時に、「ひそやかにやるのは余市ではまず無理」だと実感した。

七夕や渚を誰も歩み来ず

俳句とかかわっている中で、毎年、「ストレスがたまるなあ」と思わざるを得ない季語がある。それは「七夕」である。

東京近辺では、七夕を新暦で行うことが多い。そうすると、梅雨のさなかだから、二つの星が出合うことなど、ほとんど望めないということになる。一方、北海道や東北では、一か月遅れの八月七日に行うことが多く、こちらのほうが、本来の時期に近い。なぜなら、七夕は秋の季語だから。「天の川」「流星」等、星の季語の多くは、空の澄んでいる季節がふさわしいとされているのである。

七夕や渚を誰も歩み来ず　遠藤若狭男

牽牛（けんぎゅう）と織女が年に一度だけ会えるというこの日は、「星合」「星祭」「星の恋」など、なかなか素敵（すてき）な別称がある。しかし、恋などとは全く関係なく、北海道のある地域ではこの日、「ろうそく貰い」という行事が行われている。子どもたちがお菓子等を貰って歩くもので、ほとんどハロウィーン感覚といってもよい。さすが北海道、行事にもいろいろな地域の要素を取り入れるのが巧みであり、ロマンチックさとは無縁な楽しさを加えたあたり、おおらかである。

2016・8・7
たなばた　七夕＝秋

四つ角に杭打てば立つ草の市

草市の蓙の端より小菊選る

前回書いた「七夕」同様、気になる季語に盆関係のものがある。七夕に比べ、こちらは「二星が出合えるかどうか」とやきもきする必要はないが、東京都内では梅雨さなか、そして地方では初秋の感覚である。

四つ角に杭打てば立つ草の市　籬朱子

草市の蓙の端より小菊選る　三国眞澄

北海道在住の俳人たちの作品である。二句ともしみじみとした味わいがあり、忘れ難い。「草の市」「草市」は、つまりは盆の行事に使う品々を売る市。盆棚に備える蓮の葉、真菰の筵、鬼灯や苧殻など、宗派によっては全く用いないものを並べて売る、それがいい。「市」といいながらも派手さはなく、一つ一つひそやかに売れてゆく、それがまたいい。

余市の実家は門徒（浄土真宗）だから、お盆の特別な準備は一切必要がなかった。しかし、だからだろうか、お盆のための品々がどこかに並んでいると気になって仕方がない。たとえば迎え火を焚くための素朴な土器を見ると、「ああ、使ってみたい」と不謹慎ながら身悶えしてしまう。季語コレクターとしては、「とにかく、全部経験したい」のである。

2016・8・14
くさのいち 草の市、草市＝秋

夏帽子押さえ船尾の娘かな
林檎園空より空の迫り来る
鉄棒に腹くいこませ銀河見る

遅ればせながら、第十九回松山俳句甲子園での道内勢の活躍について述べたい。試合結果については、強豪校である東京の開成高校が二年ぶりに優勝した。同校は決勝戦で一句も落とさなかったし、「愛媛新聞」で「王者の風格」と記された通り、みごとな戦いぶりだった。

北海道勢では、個人賞の入賞が際立っていた。以下、入選作より。

　夏帽子押さえ船尾の娘かな　角田萌（小樽潮陵）

この句は決勝用の「尾」で詠まれたもの。懐かしき初々しさが素敵。

　林檎園空より空の迫り来る　藤田そら（旭川東）

こちらは、決勝リーグ用の「林檎」。ちょっと不思議な味わいがある。

わずか十三句しか選ばれない優秀賞には、小樽潮陵高校の新一年生の作品が選ばれた。

　鉄棒に腹くいこませ銀河見る　阿部遥花

記録が重視されるスポーツと異なり、文系そのものである俳句は、俳句甲子園という試合に勝てばいいというものではない。作品が一時的に評価されたその先へ行けるかどうか、すべてはこれからの精進にかかっている。

2016・10・2
なつぼうし 夏帽子＝夏　りんご 林檎＝秋　ぎんが 銀河＝秋

千歳飴引きずる空の青さかな

数字だけでできているユニークな行事、それが七五三。髪置（かみおき）・袴着（はかまぎ）・帯解（おびとき）などの祝いが一つになり、江戸中期以降、都市で行われるようになった。ただ、昭和期の子どもだった私は、余市の実家周辺で七五三が行われたことを全く覚えていない。とりあえず誰かがどこかでやっていたのかもしれないが、見たことがない。もちろん、私を含めた三姉妹の写真も、全く残っていないのである。

しかし、父の姉、すなわちわが伯母の娘たち（つまり、従姉妹（いとこ））の七五三の写真はしっかりと実家のアルバムにある。子どもの頃、あの写真が不思議でならなかった。なぜ、イトコたちがこんなに着飾った美しい写真があるのかと。

千歳飴引きずる空の青さかな　坊城俊樹

伯母は（父もだが）東京の人だった。戦争のあれこれで北海道に住むことになったけれど、東京の風習を忘れることはなかったのだろう。道内では、「どこからここに来たか」によって、行事のやり方が全く異なる。同じ市内でも、である。ピンポイントとしか言いようのない、文化の伝わり方を誰か解明してくれないだろうか。

2016・11・6
ちとせあめ 千歳飴＝冬

何もかも知つてをるなり竈猫

「猫ブーム」だからだろうか、先日、さる俳句番組の「猫特番」のロケがあった。猫が多くいそうな都内の地域を巡り、同行した俳優・芸人さんに句を詠んでもらうという趣向である。

「俳句はほぼ初めて」というお二人に、たった一日だけでまあまあな句を詠んでもらえるまでになるか、正直、悩んだ。でもそれは杞憂に過ぎず、こちらが繰り出すさまざまなヒントを見事に取り入れた作品を、ゲストは見せてくれた。付き合う時間の長さではなく、つまりは「集中度」が大切なのだと、あらためて教えられた気がした。

猫は犬と異なり、気ままであり、さっぱりいうことを聞かない。それゆえ、春の「猫の恋」、あるいは冬の「竈猫」など、思い通りにはならない猫の生態が季語として愛される結果ともなった。

　何もかも知つてをるなり竈猫　富安風生

火を落とした後の竈に入り、ぬくぬくと惰眠を貪る猫の姿は、今日ではなかなか見られない。でも、北海道の人々の自宅で、ストーブを前にうっとりしている猫はたくさんいるに違いない。

2016・11・13
かまどねこ 竈猫＝冬

母の曳く市場帰りの橇に乗る
富める子も貧しき子等も橇遊び

この冬の北海道は、はやばやと根雪になり、間を少し置いてはどか雪に襲われているようだ。雪というと、四十年以上前のある光景を思い出す。頭をスカーフですっぽり覆い、後ろ手で橇を曳いていたおばさんの姿である。

母の曳く市場帰りの橇に乗る　ふじもりよしと

北海道在住の作者の句。まだ流雪溝などはできておらず、町のあちこちに雪の山が嫌になるほどあった頃、その隙間を縫うようにして、橇は活用されていた。なるほど、子どもの遊びのためだけではなく、たとえば重いものを橇に載せてうつむくように歩いていた人々がたくさんいたなあ、と思いを新たにした。

富める子も貧しき子等も橇遊び　安田孝子

小樽在住の作者。小樽は坂だらけの街だから、さぞかし、この遊びも盛り上がったことだろう。

余市での子ども時代、二軒先の家の屋根の急傾斜を利用して、勝手に「ボップそり」というものを試していたことがあった。いい時代だったと呼ぶべきか、人が皆、おおらかだった昭和期の思い出である。

2017・1・15
そり　橇＝冬

漂へる手袋のある運河かな

上京した頃、「ごみを投げる」と言ったら、思い切り馬鹿(ばか)にされた。今でこそ北海道の方言だと知られるようになったが、当時はただ笑われるだけだった。

そのうち冬になり、今度は「手袋を履く（穿(は)く?）」と言って、また笑われた。よく聞いてみると、「はめる」が正しい表現らしい。たしかに、「履く」は靴や靴下に限るし、「穿く」はズボンやスカートなど、下半身にかかわる動詞である。だから、「はめる」が正解……なのだけれど、あれから三十数年経った今も、「手袋はやっぱり、『はく』に決まってるっしょ」と心の中で呟(つぶや)いている。

漂へる手袋のある運河かな　高野素十

落としてしまったのか、捨てられたのか、手袋がゆらゆらと水面を動いてゆく。たとえば小樽運河を思い浮かべると、より味わいが増すかもしれない。

二十数年前、一度だけ、手袋の片方を失(な)くしたことがある。赤い革のかなり美しいものだった。以来、赤は買っていない。身に付けていたものを突然失くすのは、思いのほかつらいことだと、その時知った。

2017・1・29
てぶくろ 手袋＝冬

梅林の真中ほどと思ひつつ

北海道にいた十代の頃は、「立春？　春？　そんなのどこにあるわけ？」と思っていた。ところが東京に長く住んでいると、一月の後半ともなれば、かすかな春の兆しを感じとれるようになる。たとえば、まず、日が長くなる。そして、日差しに力強さを感じるようになる。ぽつりぽつりと梅の花も開き始め、「なるほど、春が近づいているのね」とわかるようになるのだった。

ところが、雪はまだまだたっぷりあり、これからさらに降るかもしれない北海道で、「はい、今日から春ですからね」と言ったところで、ことばは宙に浮いてしまう。見渡す限り雪と氷で、春の草の芽吹きもどこにもない。なるほど、「春も夏も一気に来る」という地だけのことはある、と実感した。

梅林の真中ほどと思ひつつ　波多野爽波

満開でもまばらに見える梅の花ゆえに、この句は成立する。いずれにせよ、四月に再開する「蝦夷(えぞ)句会」の兼題（あらかじめ出しておく題）に「梅」を入れておいた。それは、「梅？　桜？　桃？　さて、どの花が一番先かわかりません」というメンバーの声に従ったからでもある。

流氷に靡きて雪の大地あり

十年ほど前、「青森の『地吹雪』を見に行こう」と誘われたことがある。もちろん、断った。東京の人たちは時々酔狂なことを思いつくものだ。

また、最近では「流氷を見よう！　あなたの故郷よね、北海道」と誘われた。ふるさとと言われても、余市とオホーツク沿岸はかなり離れているし、たどり着く交通手段がなかなかない。北海道はアメリカ合衆国ほど広くはないけれど、それでも国内で最も大きな県（道）だということは確か。とにかく、ある地点から次の地点へ移動するのが大変だということをなかなか理解してもらえないのが、悩みといえば悩みである。

流氷に靡きて雪の大地あり　斎藤玄

北海道生まれで俳句結社「壺」を創刊した作者。流氷は春の季語だとわかっていても、実は目の前に「雪の大地」が厳然としてあることを、玄は実感したに違いない。

ちなみに、私は無類の寒がりである。東京にいても、春の彼岸まで背中に懐炉を毎日貼り、手袋とマフラーを用心深く持ち歩く。でも、じっと流氷を待つ旅人の心持ちに、いつかなれるかもしれない。

お屋敷は贅の限りや梅匂ふ

四月下旬、今年最初の蝦夷句会を催した。札幌でこの超結社句会を始めてから十年になるが、以前、私の乗るはずだった飛行機が冬の雷のせいで飛ばなかったことがあったり、吹雪ゆえにメンバーが句会場にたどりつけなかったこともあったりで、いつからか「冬季は休業」になったのである。雪のない時期に四回か五回、大急ぎで句会をし、冬はひたすら籠る（こも）という具合だ。

この句会は、あらかじめ出しておいた十の題で行う。今回は、「四月だから、さすがにもう咲いているでしょう。いや、花は終わっているかも」などと思って出した「梅の花」がとんでもないミステークだったことを、この度、思い知った。

句会に来ていたメンバーは言う。「梅って桜と同時に咲くと思う」「いや、桜の後だわ」などなど。いずれにしても、梅の花が終わってしばらくしてから、桜が開花するとする東京の感覚とは全然違うのだということを、改めて教えられた。

俳句では梅を訪ね歩くことを「探梅（たんばい）」と呼び、晩冬の季語にしている。花の少ない冬季ならではのものである。初めて知った時、「なんて風情のある季語だろう」と私はいたく感動した。しかし、梅が桜と同時か、桜の後に開花する北海道では、まったく成立しない季語なのではないか。

お屋敷は贅の限りや梅匂ふ　安田孝子

作者は小樽在住である。小樽は栄華を誇った町だから、この句に出て来る旧家があってもおかしくない。

北国の花々は、暖かくなってから一斉に開く。そう、怒濤（どとう）のように、と言ってもいい。本州での花の順番は北海道では通用しないということを、私は迂闊（うかつ）にも忘れていたのだった。

2017・5・7
うめ 梅＝春

洗ひ髪神威岬に吹かれつつ

何年も悩んでいた第三句集が何とか形になろうとしている。

二〇一一年二月、句集を作るために、そこそこの数の句を入力してはみたけれど、とにかく全て色褪せて見えた。こんな句をわざわざ句集に入れるまでもないのではないか。ああ、どうしようなどと深く悩んでいた直後に東日本大震災が起き、それどころではなくなった。

当時はまず、紙がなくなった。このあたり、案外、北海道では実感の薄い人が多いかもしれない。どこでも一応、生活用の「紙」はそこそこあったから。しかし、東京の俳句総合誌用の紙が払底して、別のところで何とか確保したという話を当時聞いた。また、これはとても卑近で申し訳ないのだけれど、わが三毛猫のトイレマットが姿を消し、これまた苦労した。いずれも石巻をはじめとする東北でつくられていたからである。これはかなりつらかった。とても句集など考えられる状況ではない。しかし、石巻の惨状を実際に見てきた後では、誰かを責められるものではなかった。「もう少し、我慢しようね」と猫に静かに言い聞かせたことを今でも覚えている。

洗ひ髪神威岬に吹かれつつ　櫂未知子

もう少ししたら出るはずの第三句集『カムイ』に、おさまる予定の句である。句集のタイトルが「カムイ」だからといって、その名にふさわしい自信作があるわけではない。これはひたすら、愛するこの地名をどこかにとどめておきたい気持ちゆえである。「洗ひ髪」、もしくは「髪洗ふ」という夏の季語の味わいを、北海道の人に知って貰いたい。すぐに失われる夏の短さを、ごく静かに味わってほしい。

岬見ゆるまで道の辺の花虎杖

六月初旬、北海道俳句協会に招かれて、札幌で講演をする機会に恵まれた。年に数回、句会のために帰郷しているが、「仕事」として北海道に帰ったのは久しぶりだった。

岬見ゆるまで道の辺の花虎杖　滝谷泰星

北海道で気を吐く「雲の木俳句会」の代表の作品より。この句の「虎杖」には「どぐい」というルビが付されているが、余市在住のわが姉は、いつも「どんがい」と言う。生き甲斐の一つが墓掃除である姉は、とにかくこの強い草を抜いてしまいたい思いにとらわれているようだ。どぐい、どんがい、どんぐい、あるいは古語の「さいたづま」等、虎杖(いたどり)にはいろいろな名前がある。それだけ人々にとって身近だったという証明にもなろうか。

前述の講演の一週間後、俳句甲子園札幌大会が開催された。わが母校・小樽潮陵高校は、昨年に続き優勝してくれた。じつは、一年目は一句しか勝てず、二年目は二位で松山に行けず、去年は僅差で優勝した。そして今年は、三試合全てに勝った。もともと、著名な俳人の宇多喜代子さんに「あなた、よそもいいけど、母校の指導をなさい」といわれたのが、同校へ行くようになったきっかけである。ただ、母校とはいえ、「俳句の指導をしたい」といきなり申し出るのには勇気が要る。怪しげなOGを受け入れてくれたのは、文学の都・小樽ゆえかもしれない。

今、望むのは、道内の俳人たちが母校の後輩に俳句の面白さを伝えてくれること。地方の俳句愛好者の高齢化が叫ばれて久しいが、それを食い止めるのは俳人自身の力である。抜かれてもまた繁茂する草のように、たくましさをもって若い人たちに実作のよろこびを伝えてほしい。

2017・7・9
いたどりのはな 虎杖の花＝夏

展翅板そつとたづさへ休暇明

「休暇明」という季語がある。歳時記には、「小・中・高等学校ではふつう、九月に入ると夏期休暇が終わり、秋の新学期が始まる」などと書かれているが、私はずっとそれになじめずにいる。大学の休みならわかる。しかし、北海道の小中高では、九月といえば完全に秋で、「これで夏の休暇が明けました」などという感慨はない。というより、八月のお盆の時点で「おお、夜は涼しすぎる」という状態なので、「夏はとっくに終わりましたよね」としか思えないのではないだろうか、道産子は。

　展翅板そつとたづさへ休暇明　小山玄黙

　作者はニューヨークに住んでいたこともある、ドクターの卵で、俳句において目下めざましい躍進を続けているところ。この句は夏休みの自由研究の昆虫標本を学校に持って行くところだろうか、中七のこまやかな表現が美しく眩しい。

　わが少女時代におけるお盆過ぎ頃は、悪夢だった。テレビでは、野球の甲子園大会が始まっている。しかし、宿題の絵を仕上げなければならない。工作か自由研究もやらなければならない。ドリルもあり、年によっては読書感想文があったり、今思えば、子どもとは何て忙しいいきものだったのだろう。いや、今もそうかもしれないが。

　余市の模型屋の娘として生まれた悲劇は、「誰よりも立派な工作を作れ」と父に言われたことだった。頑張ってもなかなか及第点が貰えず、一日中、木を磨いたり、石膏の固まり加減を見ていたり、あれは何だったのだろう。ただ、はっきりしていたのは、そんな少女時代を送った人は他にほとんどおらず、それがわが俳句で今生かされているという事実のみである。箱庭をさっさと作れる人は、ふつう、いませんので。

2017・8・20
きゅうかあけ 休暇明＝秋

泥水の流れ込みつゝ蓮根掘る

冬は、根菜類の季語が多い。たとえば人参、蕪、大根など。人参は、広かった庭に祖父が植えていた。この根菜が思いがけないほどに繊細で美しい葉を持っていることを当時知ったが、祖父は私が小学校三年生の頃に世を去ってしまった。祖父は戦争ゆえにいろいろな失敗を重ねた祖父の心中を思うと、なんだか少しさびしくなる。

冬の季語に「蓮根掘る」がある。「蓮根掘」「蓮掘」など、細かなバリエーションがあるけれど、基本は一緒。つまり、蓮根を掘るという作業が季語になっていることだ。これは、野菜関連ではまことに珍しいことである。

泥水の流れ込みつゝ蓮根掘る　高浜虚子

泥をかき分けつつ、その泥の中の蓮根を掘り出す。しかし、そのさなかにも「泥水」は流れ込む。さすがに虚子で、そのあたりを活写していてみごと。かつては重労働だったこの作業も、近年は機械化が進み、ずいぶん楽になったようであるけれども。

「根」ついでに、日本一の生産量を誇る真狩（後志管内）の「百合根」を思う。新春の煮物には欠かせないこの百合根がなぜ、新年や年末の季語にならなかったのか、そのあたり、私は不思議でならない。そう、真狩の小学校に赴任していたことのある義兄が、今年もこの百合根を送ってくれた。素揚げにしたり煮物に使ったり、その上品な味は他の追随を許さない。実においしい。

季語は最初から決まっているわけではなく、「これ、素敵だから季語にしましょう」「じゅうぶん季感があるからぜひ」などという話し合いの結果、いつしか歳時記に採用される。辞書の厳密さとは異なり、文芸ゆえの「隙間感あり」がまた面白い。

2017・12・10
はすねほる 蓮根掘る＝冬

ゆきうさぎ雪のはらわた蔵したる

毎年、雪でできた「雪兎(ゆきうさぎ)」をつくる。これはいきもののユキウサギではなく、あくまでも季語としてのものだ。寒冷地である北海道のかたがたにとっては、「わざわざ雪でつくったゆきうさぎ？何それ？」だろうが、少しお付き合い願いたい。

東京ではそう都合よく雪は降らない。そのため、いわゆるアイスシェーバー（かき氷機）に氷を入れてひたすら削り、私は「雪もどき」をつくる。そうして兎の形をつくってから、ここ数年恒例となっている年末の関西吟行の折に手に入れた南天の実や葉を、目や耳として配置する。ただ、今回は、少し手間を省くことができた。久しぶりに首都圏に大雪が降ったから。この神楽坂のマンションのバルコニーに大量に積もった雪を見て、「おお、ラッキー」と思わず口にしてしまった。

ゆきうさぎ雪のはらわた蔵したる　中原道夫

子どもの頃、その年初めてたっぷり雪が降った朝は、雪達磨(だるま)を一応つくった。しかし、すぐ飽きた。郷里の余市は、来る日も来る日も雪だったからである。

温暖な千葉県で育った俳人さんがある日言った、「雪釣(ゆきつり)、しなかったの？」と。聞けば彼女は、たまに雪が降ると、木炭に雪を付けてその塊を大きくさせてゆく遊び＝雪釣をしたという。「そんな遊びは考えたこともありません」と、私は答えた。雪が降った時にそれを楽しむ感覚は、雪国兼北国の人にはない。

余市の姉は八月のお盆の頃から雪掻(か)きを心配しているが、それを私は笑う気になれない。雪は恵みをもたらす一方で、陸封に似た暮らしを強いる。でも立春を過ぎれば、北海道にもゆっくりと春が来るはず。

春コート巨船より去りひるがへり

二十年以上前、英国に滞在していた頃、「フーバー」といえば掃除機の代名詞だということを知った。もともと会社の名もしくは商標名から来たらしく、いちいち「クリーナー」などとはいわないという。「なるほど」といたく感心した。

似たようなことは、ティッシュペーパーについてもいえる。翻訳された小説を読むと「クリネックス」だけでこの紙をあらわす場合が多く、いちいちティッシュペーパーなどとは書いていない。

このように一企業の送り出している製品の名前が、そのままあるものの代名詞になる、これはなかなか面白い現象である。「万歩計」なども、その範疇（はんちゅう）に入るかもしれない（万歩計は商標名）。

さて、私の実家では「一応は春の新学期になったけれども、まだまだ寒い」と思える時期に「今日はバーバリーを着て行きなさい」といつもいわれた。そう、小学校からずっと。バーバリーが何なのか知らぬまま、「本格的な外套（がいとう）を着ずに済む時には、どうもこういうらしい」とだけ認識していた。


春コート巨船より去りひるがへり　加藤瑠璃子

ところが、北海道以外では、春に着るコートをバーバリーとは言わないらしいと知って驚愕（きょうがく）した。というより、もしかすると、わが故郷の余市以外では通用しない言葉なのだろうか。

さる著名な俳人さんが遭遇した余市出身の人は「スプリングコート？　当然、バーバリー」といったという。道内でも余市でしか通用しないものなのか、あるいは他の市や町にもあるのか、悩ましい問題である。もしも、「わが町でもそういう」というかたがいらっしゃるなら、ご一報ください。

泊船の百燈滲む春炬燵

　五か月ぶりに「蝦夷句会」再開。この句会は雪の積もっている間はお休みである。蝦夷句会開始後の十一年間に、飛行機が冬の雷のせいで飛ばなかったり、吹雪で出席できない人がいたりしたため、「たぶん雪は降らない」と思える時期に近年は限定している。だいたい、年に四回ほどか。今回の句会の二次会及び、珍しく行われた三次会は、私の受賞を祝ってくれるものだった。

　ボランティアとして、東京から北海道の句会に通い続けることは結構きつい。スケジュール的にも、金銭的にも。まず、飛行機代がかかる。「群青」でもそうだが、蝦夷句会では指導しながらも私は句会費を払うし、二次会があれば自分の負担分を出すし、ホテル代も自腹を切る。しかし、母が世を去る以前から、俳句関連で頂く原稿料や選句料に一切手を付けずに取っておくようにしたことが、今、プラスに作用している。「俳句に関して頂いたものは、俳句でお返しする」とかつて誓ったことがあった。それを今実践できていることそのものが、何だか嬉しい。

　　泊船の百燈滲む春炬燵（ごたつ）　天田牽牛子（あまだけんごし）

　このたびの蝦夷句会の兼題「春炬燵」の一句より。本格的な暖房以外は意味を持たない北海道において、この季語はとても半端で、よくわからないものかもしれない。しかし、そういう季語に正面から挑戦した作者の気持ちを私は大切にしたいし、美しい一句にしてくれたことを感謝したい。

　句会のために通い始めてから十一年の間に、わが心境は大きく変化した。郷里ならではの季語も再認識した。自分は一人で生きているわけではないという思いを、この蝦夷句会の再開に際して強くした。

2018・5・13
はるごたつ 春炬燵＝春

かたつむり甲斐も信濃も雨のなか

前に「スプリングコートを『バーバリー』と呼んでいた地域が余市以外にもあったか」という問いを投げかけた。こういう地味なコラムにしては珍しく、反響が大きかった。寄せられた結果をまとめると、小樽、江別、旭川、室蘭、歌志内などでそういっていたという結果を得た。中には『リー』と伸ばすのではなく『バーバリ』と呼んでました」という、興味深い結果もあった。道央が多く、函館や釧路などの出身者からの「ああ、そういってました」という答えはほとんど得られなかったのである。

　バーバリーに関しての回答と共に多く寄せられたのは、「絆創膏を『サビオ』と呼んでました」だった。これ、とてもよくわかる。わが幼少期には何でもサビオだったから。のちに、地域によってカットバンと呼んだりキズバンと呼んだり、あるいはバンドエイドなどといっていたことを知った。ある特定の商標名がそのものを代弁することは案外よくあることのようである。

　かたつむり甲斐も信濃も雨のなか　飯田龍太

あまりにも有名なこの句の「かたつむり（蝸牛）」も異名の多い季語である。まいまい、まいまいつぶり、ででむし、でんでんむしなど、地域によって呼び方が違う。

　遠い昔、大学での国語学の時間に「各地方の人々が蝸牛をどう呼んでいたか」という分布図を見せられたことがある。なるほど、まいまい。なるほど、ででむし。ところが、当時の私は「ふうん」と思っただけで、全く関心を示さなかった。もっと真剣に季語の別称について考えたらよかったのにと今にして思うけれど、まさか自分が俳句とかかわるなんて当時は思っていなかった。

青岬遠くで別の汽笛鳴る

先日来、話題にしている「バーバリー」に関し、札幌の丸善に勤めていたというかたから、直接おたよりを頂いた。丸善といえば書籍の印象が強いが、「本物のバーバリー」は丸善が昭和初期から輸入販売していた。本に限らず、日本人の文化全般にわたって同社は貢献していたことになる。

そのおたよりの主の高澤光雄さんは、自著も送ってくださった。書名は『山旅句　エッセー集』、著者は山を愛し、山を舞台に俳句を詠み続けてきたという。本書は山に登った時の随筆であるが、そこになんと、わが故郷余市のシリパ山が出てくるではないか。シリパ岬とも呼ぶこの小さな山は、小樽との境のごく短いトンネルを抜けると、いきなり目に飛び込んでくる。湾曲した海岸線の先に、あたかもハワイのダイヤモンドヘッドのような岬が見えてくるのだ。

青岬遠くで別の汽笛鳴る　石崎素秋

「青岬」は夏の岬のこと。海へせり出すさまは、本当に夏が来たという感じがする。

本書の余市の章には興味深いくだりがあった。なんと、水産試験場の敷地内にある幸田露伴の句碑を訪ねたというのである。

幸田露伴は、かつては尾崎紅葉と並び、「紅露時代」と呼ばれるほどの時代を築いた文豪だった。私は大学院にいた頃、露伴の小説『風流仏』を読み解く試みをしたが、とにかく文体が古いことに驚いた。「なるほど、読まれなくなったわけだ」と妙に納得した。

その文豪露伴は、なぜか明治十八年から約二年間、余市の電信局で働いていたことがある。それを二十年ほど前に知った私は、心から驚いた。

2018・6・10
あおみさき 青岬＝夏

月光と非常持出袋かな

いつも通り、ラジオ深夜便を聴きながらせっせと原稿を書いていた。深夜というか、未明は、誰にも邪魔されずに仕事ができる。しかし突如、ラジオから警報が流れた。北海道で大きな地震が起きたという。

困った。どうしよう。おそらく北海道の人たちはこの地震で目が覚めただろうが、混乱しているであろうところに電話をしても迷惑だろうし……と迷った。余市の姉や手稲の妹のところに、早朝から電話することもはばかられた。

夜が明けてから、意外なことがわかった。なんと、「全島停電」だという。これは初めて耳にすることばである。道内在住のかたがたも驚いたであろうし、北海道を出てから久しい私も初めて耳にする事態だった。え。なぜ、北海道全部が停電しなければならないのだろう。その後、なぜ停電したのか、その理由はそこそこわかったけれど、他県での震災ではおよそ聞いたことのない出来事だった。

被災者ではないこちらが困ったのは、「さて、電気をどう送ろう」である。「何が必要ですか」「電気です」。そうですか、ではすぐに送りましょう、とはいかないのがこういった時のつらさである。かたちあるものは、送る手段さえ確保できたなら、いつかは相手に届けることができる。しかし、たとえば「電気が必要です」といわれた時、われわれは何をしたらいいのだろう。

月光と非常持出袋かな　櫂未知子

昨年出した句集の中に滑り込ませた一句である。どうという内容ではない、しかし、自分らしいといえば自分らしい。私は非常用の品を集めるマニアであり、それが今回、少し役に立った。

曇天に頭ぶつかる葡萄狩

余市で葡萄狩吟行をしてきた。震災のあれこれで誰も参加しないのではないかと危ぶんでいたが、おおむね予定通りだった。野外で食べるジンギスカン鍋はことのほか美味で、当初、多いかと思った分量を皆、食べ尽してくれたようだ。

　曇天に頭ぶつかる葡萄狩　音無早矢

台風の接近ゆえに、空は低く垂れこめていた。この句、本当は葡萄棚に自分の頭がぶつかったことを詠んだのだろうが、それをあたかも「曇天」にぶつかってしまったかのように一句にしたことが面白い。俳句では、ときに思い切った把握の仕方が要求される。

　句会は当然、俳句が中心ゆえ、震災について多くを聞くことはできなかったが、それでもその片鱗を知ることはできた。札幌市清田区在住のある人によると、停電も大変だったが、それよりも断水が一番こたえたらしい。また、震度がそれほどではなかった地域の人々は、地震が起きて目覚めたが、津波は来ないとわかり、二度寝したというケースが多かった（そして、再び起きたときに停電を知ったという）。

　全島停電という、いまだかつて聞いたことのない事態の中、知人たちが口を揃えて言ったのは、「星が本当にきれいだった」。震災という非常時に暢気に響くかもしれないが、俳句とかかわりのある人もない人も皆、「きれいだった」と語った。一切の明かりがなかったのだから、それは当たり前だったのかもしれないけれど、その話に不思議なぐらい私は心打たれた。わがふるさとの人々が、途方に暮れつつ空を見上げていたという事実が切ない。

2018・10・14
ぶどうがり 葡萄狩＝秋

醒ヶ井の水汲む後の更衣

夏に「更衣」という季語があるように、実は秋にも「後の更衣」という季語がある。せっかく衣服を入れ替えたというのに、次には冬に備えて、またあれこれ頭を悩ませなければならない。これは、四季に応じて暮らし方を変えなければならない日本ならではのことで、おそらく他国にはない考え方ではないだろうか。

醒ヶ井(さめがい)の水汲(く)む後の更衣　井上弘美

昨年の暮れ、この句に登場する「醒ヶ井」近辺を吟行した。ここは滋賀県の米原市にある古い宿場町であり、小さな町を清らかな水が巡っている。地味めな観光地ながら、水を大切にしながら人々が生活している感じがあり、私にとって忘れがたい町になった。

九月の北海道の震災の際に、断水による不便さと不安を味わった話を先日聞いた。すなわち、「停電も大変だったけれど、『水が来ない』ことのほうがもっとつらかった」と。たしかに、たとえばここ東京都心のマンションでも、点検の際に一時間断水すると知らされただけでも、かなり緊張する(この点検は、毎年、必ずある)。急にトイレに行きたくなったら困るなどと考えて、バケツやボウルを総動員して水を溜(た)めておく。しかし、そういった前もってのお知らせがなかった非常時の「水」を、人はどう用意するのか。

暢気な割に、私は飲み水をいつも確保している。ペットボトルの水は、狭いマンションながら、おそらく数十本あるだろう。東京は人口が多い。誰かが助けてくれるなどと考えず、生き延びるべく、何でも用意しておかないと。そうすれば、七十二時間以内に、きっと誰かが来てくれる。

2018・10・28
のちのころもがえ 後の更衣＝秋

初雪は失せたり歩み来し跡も
餡包む手を包むぼつこ手袋
雪の汽車吹雪の汽車とすれ違ふ

今年の角川俳句賞は、上川管内下川町在住の鈴木牛後氏に決まった。発売中の雑誌「俳句」11月号（KADOKAWA）にその詳細が載っている。

北海道在住のかたが同賞を受賞するのは、おそらく数十年ぶりではないだろうか。五十句のタイトルの「牛の朱夏」、そして俳号からもわかるように、氏は酪農家である。

初雪は失せたり歩み来し跡も　鈴木牛後

ああ、わかる、初雪は必ず解ける。そしてその後、根雪になるまでにはしばらく間がある。五十句の中では地味めな作品ではあるが、さすが、北国の人、雪をよく知っていると思った。

餡包む手を包むぼつこ手袋　牛後

これもまた、道内在住の人なら思い切り頷くだろう。今どきは気取ってミトンと呼ぶ人が増えたようだが、道産子なら、絶対、「ぼっこ（手袋）」である。

雪の汽車吹雪の汽車とすれ違ふ　牛後

これもまた涙が出そうな句。なんといっても「汽車」である。よくいわれることに、「北海道の人は電車のことも全て『汽車』と呼ぶ」があるが、この句の「汽車」もおそらく、本当は電車かディーゼル車なのだろう。

作者は受賞の知らせが届いた六日後に震災、そして停電に見舞われたという。あの停電が酪農家に悲惨なものをもたらしたことは、ニュースで私も知った。作者も大変な被害をこうむったことだろう。しかし、この受賞作の力強さを見る限り、今後もすばらしい句を北海道から発信してくれるはずだと信ずる。

2018・11・11
はつゆき 初雪＝冬　てぶくろ 手袋＝冬　ふぶき 吹雪＝冬

黒電話故障してをる海鼠かな

今年最後の蝦夷句会が終わった。この後は、雪が完全に解ける頃まで、長い冬籠りに入る。この句会は毎回十の兼題（あらかじめ出しておく題）で句をつくり、持ち寄る。今回は「人参」「寒林」「海鼠（なまこ）」「鶴」「クリスマス」「温室」「粕汁」「寝酒」「初氷」「年惜しむ」だった。

このやり方の良さは、ある清記用紙に同じ題でつくった句がずらりと並ぶ点に尽きる。ああ、この季語は本当に詠みにくいのだなとわかるし、あるいは「やはり、この季語、誤解している人が多かった」などといったことも見えて来る。たとえば「クリスマス」ならば、日本の今の風潮に合わせて「恋人同士のもの」だとして扱うことが多い。しかし、本来、欧米では家族が集まって静かに過ごすものである。また、「温室」は広大な植物園などにある立派な硝子（がらす）のものではなく、あくまでも農家が花や作物を栽培するためのもの。そのあたりの誤解や思い込みを正したくて、私は題を中心とした句会を札幌でも東京でもおこなっている。

句会の「海鼠」にこんな作品があった。

黒電話故障してをる海鼠かな　橋本喜夫

「日曜文芸」の選者の句である。いつも句会に協力してくださって、申し訳ないと思っている。当日、迷いつつも、私はこの句を特選のうちの一句に選んだ。迷ったのは、句の質に疑問があったからではなく、「はたして、この作品の良さを評で伝えられるか」と思ったから。駄目と思われる句については、簡単に言及できる。しかし、素敵な作品のどこが素敵だったかをきちんと言うのは、実はとても難しいことなのです。

秋麗揺れなき揺れに酔ひにけり

今年の夏は、いきなりの暑さで始まった。文字通り、すさまじい猛暑だった。そしてその後、あちこちに台風は来るわ、さらにあちこちで豪雨が降るわ、だった。

九月六日の北海道胆振東部地震も記憶に新しい。災害列島といわれるほどにこの国は、自然のもたらすさまざまな被害を避けて通れない。そうはわかっていても、今年の凄さといったら。

たしかに、平成の初期の神戸の震災や、三月十一日の大震災などはあった。しかし、日本全国でいろいろな被害があった年は今までなかったのではないだろうか。

秋麗揺れなき揺れに酔ひにけり　安藤由起

もう年末だから、この句を引くのは季節からいって、いささか遅いかもしれない。しかし、東日本大震災を経験した者としては、大いに共感した。そう、地震とは「酔う」もの、作者は札幌在住である。

今年は、災害を抜きにすれば、個人的にはおおむね幸福な一年だった。まず、昨年出した句集で賞を二つ頂いた。そして、代表をつとめる雑誌の若い人達が、びっくりするほどいろいろな賞を受賞してくれた。自分自身の喜びもさることながら、懸命に努力している人達の成果を目の当たりにすることは、幸福としか言いようがない。

自身については、春に足を怪我してから、思うように歩けなくなり、体重は数キロ減った。しかし、よき作品を見せてくれる人がいるならば、私ももう少し頑張れるかもしれない。自分の幸福だけを追求していると、必ず不満が生まれる。一緒に育つ喜びを翌年も味わいたい。

2018・12・23
あきうらら 秋麗＝秋

湖一枚これがしばれるとふことか

それほど多くないが、たまに方言に由来してい る季語がある。冬でいえば「しばれる」がその代表だろうか。

たとえば北海道で、「今夜はしばれるっしょ」と言った時、では、その「しばれる」とはどういう感じなのか、内地に住む人たちに説明するのが難しい。「だ・か・ら、『しばれる』としか言いようがないんだってば」と答えるしかない。単に寒いのではなく、それまでの体感温度の厳しさを超えるような、しんしんと迫ってくるものといえばいいのだろうか。

子どもの頃、余市の小さな商店街では、そのほとんどが自宅に内風呂を持たず、銭湯にみな通っていた（ちなみに我が家は大川町の恵比寿湯だった）。小学生だった私はヘアドライヤーに十円入れて髪を乾かすことなど思いも寄らず、洗いっぱなしのまま、家に帰ったものだ。その二分ぐらいの間に髪は凍った。もしかすると、あれが「しばれる」感覚だったのだろうか。

湖(うみ)一枚これがしばれるとふことか　佐藤郁良(いくら)

出たばかりの句集『しなてるや』（ふらんす堂）より。「紋別・サロマ湖　四句」と題したうちの一句である。著者はこの句の制作年の年末から新年にかけてサロマ湖周辺に泊まったという。それまでにも何かといえば北海道に行っていたが、「凍っているだけで何もない湖」「周囲もみなお休み」という状況は初めてだったようだ。

俳人は観光名所をあれこれ物色しない。何もなければ、その「何もないこと」を作品にする。「インスタ映え」などとは完全に無縁な世界である。

水温むときをり芥光らせて
あかときの水の匂へり抱卵期
リラ咲けりドクターへリの旋回す

やっと蝦夷句会が再開される。「される」といっても、自分自身が「雪の降っている間は『冬ごもり期間』とする」と決めたのだが。

年に四回か五回おこなっているこの句会は、当初、真冬にも開催していた。しかし、新千歳空港周辺に発生した雷のせいで、飛行機が飛ばなかったことがあった（滑走路の除雪ができないからとのこと）。翌朝、やっと乗ることができ、札幌での句会にぎりぎり間に合った。またある回は、「自宅周辺の雪がひどくて、句会場まで行くのをあきらめた」という参加者からのメールが来た。そんなこんなで、北海道での真冬の句会は現実的ではないと思うようになった。以後、雪のない時期に大急ぎで蝦夷句会をこなすようになったのである。

さて、先ごろ二〇一九年版の『北海道俳句年鑑』をご恵送いただいた。昨年秋の北海道胆振東部地震を乗り越えての出版である。

この年鑑は、北海道の俳壇の今の状況を多角的に把握できる一冊になっている。各賞の受賞作の掲載、句集の紹介、結社誌の活動、そして会員の自選句など、内容は多彩である。一県の俳壇で（北海道は道だが）、よくぞこのように充実した年鑑をつくってくれたと感動した。

水温むときをり芥（あくた）光らせて　松田ナツ
あかときの水の匂へり抱卵期　松王かをり
リラ咲けりドクターへリの旋回す　飯川久子

同年鑑より。すべて春の季語を用いている句である。北海道が本当に暖かくなるのはまだ先だろうが、再開される句会で、素敵な春の作品に出合いたい。

2019・4・21
みずぬるむ 水温む＝春　ほうらんき 抱卵期＝春　りらのはな リラの花＝春

衣更ふけふ油彩より水彩へ

今年は長い長いゴールデンウイークになった。私のみならず、サービス業を除く全ての日本人にとって、初めての一斉休暇ではないだろうか。

大昔のわが子ども時代、四月二十九日は祝日、しかし、三十日、五月一日、二日は平日だった。そして三日と五日は祝日で、四日はたしか平日だったはずだ。当時は「飛び石連休」という言い方がされていて、ちょこっと休日、ちょこっと平日という感じだった。

それが、平成になってから、天皇誕生日は「みどりの日」になった。そして平成十九年以降、五月四日になった。ということは、飛び石の隙間が埋められたことになる。

黄金週間というと、余市で模型屋を営んでいた父が、「天気が悪くなってくれるといいのになあ」と呟いていたことを思い出す。「商売は『にっぱち』が駄目だというけれど、模型屋は八月よりも五月がいけないんだ。天気が良ければみんな出かけてしまうから」と。なるほど、ゴールデンウィークが晴天つづきならば、室内で組み立てるプラモデルやラジコンカーなどを、お客さんはわざわざ買いには来ないわけである。

衣更(ころもが)ふけふ油彩より水彩へ　近藤由香子

ゴールデンウイークが終わる頃、暦の上では夏になる。札幌在住のこの作者の句は、そんな季節の移り変わりをきれいに描いていて印象深い。冬から春にかけてのある種の色の濃さと異なり、少しずつ少しずつ、街はかろやかな色彩を取り戻す。そして、人の表情や服装も。

北国には劇的な夏が来る。寒い時期を耐え忍んだぶん、美しい季節が約束されることだろう。

2019・5・5
ころもかう 衣更ふ＝夏

拓銀もディスコも遠しラムネ吹く

建物が消え、そこに新しいものが建設され始める。「何が建っていたかしら」などと立ち止まるが、案外、思い出せない。今住んでいる神楽坂の近辺では新陳代謝がとにかく激しい。

それとは別に、「まさか、ここが消えてしまうとは」という驚きをもって受け止めた出来事も今までたくさんあった。たとえば北海道関係者にとって、北海道拓殖銀行、つまり「たくぎん」の破綻は信じられないような悪夢だっただろう。

子どもの頃、実家の模型屋の売り上げを持って、何度も何度も拓銀に行かされた。今思えば危険かつ暢気な話ではあるが、商店の子はそれぞれ家業を手伝わなければならない時代でもあった。拓銀に行けば親類が窓口に座っていたので、帰りには毎回、熊の貯金箱を貰った。あの貯金箱、どうしたのだろうか。

拓銀もディスコも遠しラムネ吹く　大澤久子

『北海道俳句年鑑』より。たくぎんがあった時代、そしてクラブとは言わず「ディスコ」と呼んでいた時代。思いのほか歳月は早く過ぎ、気付けば元号もまた変わってしまっている。

私が上京した頃は、まだ現金書留で仕送りをして貰っていた学生が結構いた。ところが、父は「さっさと銀行の口座を作れ」と言い、拓銀を指名した。父は毎月決まった額を決まった日に送ってくることはしなかった。「今日は〇〇の売り上げがあったので」というように、その都度ちびちび入れてくれたのである。

以来、私はＡＴＭでの操作が大好きになり、現在に至っている。拓銀の口座はとうの昔になくなったが、還暦直後に亡くなった父の思い出は濃い。

2019・7・14
ラムネ＝夏

キャンプ地は元暴れ川魚跳ねる

立秋を過ぎたけれど、北海道では子どもたちの夏休みの仕上げのように、さまざまな屋外での活動が行われていることだろう。

　キャンプ地は元暴れ川魚跳ねる　　田湯岬

『北海道俳句年鑑』より。「キャンプ」は夏の季語で、傍題として、テント、キャンプファイヤーなどがある。この句の「元暴れ川」、ちょっと不穏。ここに泊まってもいいのだろうかという不安がちらりと見えて、興味深い。

俳句を始めて少し経ったころ、「キャンプが夏?」と驚いた。また、最新の歳時記にはキャンプの傍題として「バーベキュー」が加わった。屋外で泊まる、では食事は?と考えた時、みんなで焼いて楽しむこの形式がいちばんいいのかもしれない。ちなみに私は、余市の実家の庭で何でも焼いて食べたいほど、バーベキューが大好き。

ただ、キャンプそのものには、近年新しい流れが生まれている。「グランピング」がそれで、グラマラス（魅惑的）とキャンピングを合体させた言葉らしい。ふつうのキャンプのように、自分たちでテントや食事を用意するのではなく、ホテル並みの豪華な設備の宿舎に手ぶらで出かけて行き、ごく快適に泊まるという。

つまり、不便さを一切感じることなく、泊まる部屋（ふつうのキャンプなら部屋といえるかどうか）の美しさを堪能しつつ、アウトドアの雰囲気を味わえるものらしい。屋外が好き、きれいなホテルも大好きな私としてはとても心惹かれるプラン。と同時に、そんな贅沢をしてもいいのかしらと、後ろめたさをおぼえてしまう。

種火めく月出づ灯らざる街に

電力網の外側にゐて秋の蜘蛛

台風による被害で、千葉県内の停電がまだ続いている。わが句会の友人も「四日間停電していた」「うちは二日間でした」などと教えてくれた。オール電化住宅に住んでいる人は、ほとほと困り果てたようだ。

こういう時、余市での子ども時代、「台風が来るかもしれない」とわくわくしながら待っていたことを思い出す。当時はめったに北海道に台風は来なかったから、子どもらしい無責任さで心をときめかせていたのだろう。

停電といえば、昨年九月六日の北海道胆振東部地震に伴うブラックアウトが記憶に新しい。いわゆる「全島停電」だが、函館の街の灯が一気に消えてゆく、あんな状況は初めて画面で目にした。

種火めく月出づ灯らざる街に

電力網の外側にゐて秋の蜘蛛　鈴木牛後

先日発行された第三句集『にれかめる』より。「ブラックアウト　六句」と題された一連から引いた。氏は角川俳句賞受賞者で、上川管内下川町で酪農を営んでいる。

一句目の心細い感じは、停電を経験した人ならばよく理解できるに違いない。二句目は、蜘蛛のかける「網」と「電力網」が連動していて、一見素朴そうでありながら、じつはかなり巧みな作品である。牛を飼いながらの停電は、かなりつらいものがあっただろう。

ここ二日間で、わが家の懐中電灯の電池を全て点検し、入れ替えた。単一から単四まで使用電池がさまざまで、案外骨が折れる。懐中電灯ずきだった父の影響ゆえか、私は現在十二本持っている。

2019・10・6

つき 月＝秋　あきのくも 秋の蜘蛛＝秋

雪虫や家計の端を負ひて生く
自分の中の何かに冬が来てしまふ

私が子どもの頃、ふだん小説をよく読んでいた母が「?・」という顔をした短冊があった。つまり、その価値がわからないと。一枚の短冊に俳句らしいものが記されているが、それをどう扱えばいいのかわからなかったらしい。

さらにずいぶん経ってから、一冊の立派な句集が母のもとに届いた。帙(ちつ)入りの美しいものであった。これまた、母はよくわからなかったらしく、しばらくそのままにしてあった。

蝦夷句会を行うために北海道に定期的に通うようになってから、その句集はずっとわが脳裏にあった。発行年の平成二年は私が俳句を始めた年であり、これは何かの縁かもしれない、と。

さて、昭和四十七年創刊の「樺の芽」という道内の結社は、内山筏杖(ばつじょう)によるものであり、母が貰っていた句集もその筏杖の遺句集『一筋の道』だった。じつはこの筏杖、母方の親類なのである。大叔父だったか、もっと遠い親戚だったかは明らかではないが(母は自分に関することはほとんど話さなかった)、数十年の時を経ての縁の不思議さを改めて思う。

雪虫や家計の端を負ひて生く
自分の中の何かに冬が来てしまふ　内山筏杖

筏杖が創刊した「樺の芽」と私の直接の付き合いは今はない。しかし、筏杖を少しでも知る方に、今手元にある一冊のみの遺句集を届けたい。『北海道俳句年鑑』によると、「樺の芽」では筏杖忌を丁寧に修してくれているという。

人の世の縁は不思議なもの。少しずつ皆がつながっている。余市の回転寿司に行くと、知り合いが店中に満ちてますものね。

2019・12・1
ゆきむし 雪虫＝北海道では冬を指すことが多い　ふゆ 冬＝冬

耳袋とればたちまち星の声

今年最後の蝦夷句会を行って来た。兼題は「青写真」「師走」「竈猫（かまどねこ）」「耳袋（みみぶくろ）」「山眠る」などだった。青写真は昔の雑誌の付録などでよく見られた日光写真のことで、たまさか訪れた暖かな日に光にあてて画像が浮かび上がるのを楽しんだもの。私はこれに使う「種紙」のコレクターだが、ほとんど小春日和というものがない北海道での句会に出す題としてはふさわしくなかったと、反省している。

冬の季語には、あたたかさを求めて身に着けるものがたくさん存在する。その最も身近なものとして、手袋がある。余市での子ども時代には毛糸で編まれた手袋を嵌（は）めたりしていたが、雪で濡（ぬ）れることが多かったし、あまり快適ではなかった。上京してからは「手袋を穿（は）く（履（は）く?）」と言って笑われたことがあった。寒さの本場の者が「はく」と言っているのだから、認めて欲しいものだが。

前述の句会の「耳袋」では、こんな素敵な句が出された。

耳袋とればたちまち星の声　仲田美智子

耳袋は耳掛、あるいはイヤーマフなどとも言う。この句の面白さは、耳にあてていても外しても聞こえないはずのものが一挙に押し寄せて来るようだ、と詠んだこと。詩は理屈ではない。事実を述べることに主眼があるわけでもない。心の眼で感じたり見たりしたことを一句にする、そこにこそ詩の存在理由がある。

耳袋という、子どもの頃には欠かせなかったものを通して、この句から詩を感じさせて貰えた。美しい花や鳥だけが俳句の中心になるのではなく、じつはどこにでも転がっているものを通してこそ、よき作品が生まれる可能性がある。

2019・12・15
みみぶくろ 耳袋＝冬

酷寒に弾かれしごと籠もりゐる

前に函館の沼尻世江子さんの「地吹雪」の句を引用させて頂いた。その地吹雪につき、以前、とても不思議な出来事があった。

かれこれ十数年前、当時在籍していた結社の、青森在住のかたからさるツアーのお誘いがあった。「当地の『地吹雪を見に来ませんか』」と。もちろん、私は震え上がった。「北海道でさんざん寒い思いをしたので、とてもじゃないけれど、参加できません」と答えた。どうもその方は、こちらが北海道出身だと知らなかったのかもしれないと、今にして思う。

このコラムの冒頭に書いた「不思議な出来事」は、じつは地吹雪ツアーに誘われたことではない。あれから何年か経ってから、誘ってくれた人が著した本の中にわが名前があったこと。つまり、ツアーに参加しなかった私が、なぜか地吹雪体験に行ったことになっていたのである。もしかすると、偽者がひっそりと参加していたのかしら、それとも著者の思い違いかしら。

酷寒に弾かれしごと籠もりゐる　　鈴木アツ子

『北海道俳句年鑑』より。この句にある通り、北国に住む人はわざわざ寒風や吹雪にさらされることを望まない。それよりも、この厳しい季節をうまく乗り切ることだけを考えている。ところが、暖地出身の人は、「北海道出身だから寒さに強いでしょう」などとのたまう。とんでもない。私は特に室内の寒いのが苦手。ところが、東京の人たちは、暖房を惜しむ惜しむ。時には生きた心地がしなくなることも。東京の自宅マンションでは、とにかく温度管理が命。猫と一緒で、寒がりです。

春北風の先兵は槍利尻富士

ある本に、日本における風の名前は千四百種あると書いてあった。もちろん、もっとたくさんあるという説もある。

農業や漁業に携わる人にとって、「風」は「明日をどう生きるか」という指針にいかになったことだろう。特に、風が命を握る漁船にとって、「どんな風が吹くのか」は死活問題だったのではないか。

春北風（はるきた）の先兵は槍（やり）利尻富士　源鬼彦

「道」二月号の「主宰の一句」より。田湯岬の解説には「本州の皆さんには想像を出来ない厳しさ、それが北海道の春北風なのである」とある。

たしかに、東京あたりで経験する暢気な春先の北風とは異なり、道内での風の荒れようは、本州とは全く違う。私自身、蝦夷句会のために北海道に通うようになってから、「同じ二月でもこんなに異なっていたのか」と思いを新たにした。

東京でなら、二月は梅がほつほつと花開き、沈丁花は蕾（つぼみ）を膨らませ、ゆるゆると本格的な春を迎える準備をする。しかし、北海道ではそうではない。「見渡す限り、雪」である。ただ、この冬から早春にかけては、どうもそうは行かないらしい。道内ではいろいろと雪が足りなかったという。

東京では逆に、いつもの冬のみごとな青空があまり見られなかった。「えっ、今日も雨ですか」と呟くことが続いた。私が経験した限り、こんな冬は初めてである。

余市の冬の陰鬱（いんうつ）な空を逃れて、私は東京に来た。ところが、あれから四十年近くを経て、今年の都内の冬の空は日本海側と似たり寄ったり。それが悪いとはいわないけれど、なぜか寂しい。あきれるほどの青空、笑えるほどの青空が心から欲しい。

2020・2・16
はるきた 春北風＝春

流氷に指紋のうすき指の触れ

じつは三月六日から八日にかけて、私は北海道に行っていた。道知事が「この週末は外出を（一律に）控えてほしい」と要請した翌週末。結果的に、七、八日は自粛要件が緩和されたのだが、行っていいものか悩んだ。

　思い切って行ったのは、流氷を見たいという仲間との一年前からの約束だったためだ。まずは羽田から紋別空港に降り、流氷を見学し、市内で一泊。そしてそれから網走方面へ行って穴釣体験、尾白鷲を観察する……というプランだったのが、初日、大いに狂った。紋別便が猛吹雪で欠航になってしまったのである。そこで、女満別便に切り替えた。一日目は網走もかなりの吹雪で、ほとんど何も見ることはできなかったが。

　二泊三日の旅の間、ほとんど屋外にいた。俳句は基本的に外で句を詠むものだから、どこかにこもってあれこれひねる文芸ではない。その中で、飲食店やホテル等に全て消毒薬が設置されているのには感動した。東京都内では、圧倒的な人口の多さゆえか、まだなかなかこうはいかない。

　流氷に指紋のうすき指の触れ　田中冬生

　網走の砕氷船に置かれていた流氷の実物に触れてみたことで生まれた一句である。作者はここ数年真摯に俳句と向き合っている人で、その中から生まれた優しい一句だといえるだろう。

　このたびは、観光客にほとんど出会わなかった。まことに静かであった。「これが私の知っている北海道なのだろうか」と正直、思った。しかしその分、大切にして貰えたような気もする。

　北海道が元気になりますように。そしてもちろん、日本全国、元気になれますように。稀有なる経験をわれわれは今、しているのかもしれない。

リラ冷やこけしに被せる夫の帽

以前は「ライラックは五月半ばに咲くのに、なぜ春の季語になっているのだろう」と不思議でならなかった。歳時記で言う「立夏」は五月六日ごろ。ライラックは本来なら夏の季語のはずである。「もしかするとライラックの本場（?）である北海道をさしおき、本州の早い開花期に合わせたのかもしれない」などと疑ったりもした。

ところが、この疑問は、後に思わぬ場面で解決することとなる。ある日、北海道在住の友人たちに問うてみたところ、皆一様に「ライラックは『春』の印象」と答えたのである。びっくりした。「(例年五月中旬開催の)『さっぽろライラックまつり』は初夏のイベントだとされているのになぜ」とさらに尋ねたら、「いや、まだまだ夏になったという実感はなくて、やっと春が来たなあ、という感じだからよ」とのことだった。なるほど、と反省した。北海道に実際に住んでいるかたがたにとって、五月はまだまだ春であり、夏という感覚は薄いのだと知った。ライラックが「春」なのは、その実感に合っているのだ。

リラ冷やこけしに被せる夫の帽　岩間ナミ子

『北海道俳句年鑑』より。なんとも微笑ましい作品である。急に冷え込むことのあるこの時期を北国の人らしく描いていてくれている。

私にとってライラックは思い出の花。子どもの頃、余市の実家の庭にあったからだ。しかし、後年、いつしか消えてしまった。そこで、姉が家を建て替える時、「ぜひ、ライラックを植えてほしい」とお願いした。新型コロナ感染拡大の影響で、今年のライラックまつりは中止のようだが、花は変わらず楚々とした姿を見せてくれるだろう。

2020・5・10
りらびえ リラ冷＝春

アイスクリームおいしくポプラうつくしく

新型コロナウイルス禍ゆえに、思い出したことがある。それは一九九二年に六十歳そこそこで世を去った父のことだ。

父は東京の神田育ちだった。いろいろあって余市で模型店を営むことになったが、われわれ三姉妹が子どもの頃は、とにかく手洗いにやかましかった。やれ、石鹼の泡立て方が悪いだの、洗い方が雑だの、洗面所のそばに立って娘たちのありようをチェックしていたのである。そして、夕食前には改めて手洗いをすべきだと父はいつも言っていた。

そんな父だったから、余市のお祭りで娘達が買い食いすることなど、許すはずもなかった。

北海道で育った頃、外で立ったまま、あるいは歩きながら何かを食べたことは一度もない。今、私が無闇に愛しているソフトクリームも、たまに母に連れて行って貰った札幌のデパートで、スタンド付きのものを食べるぐらいだった。ただ、この「スタンド付きソフトクリーム」の説明が今は難しい。平成生まれの若い人たちに「あのね、ソフトクリームがデパートでうやうやしく出てきたわけ」などといくら説明しても通じないのは残念至極である。

アイスクリームおいしくポプラうつくしく　京極杞陽

杞陽のこの句はソフトクリームではないけれど、北海道の夏の到来を描いていてとても気分がいい。山葵、蓬、安納芋、ほうじ茶、メロン、薔薇など、各地のソフトクリームを私は試して来た。「群青」のメンバーと一緒の合宿や吟行の際は、必ず「ソフトクリーム休憩」を設ける。子どもの頃の喜びを求めて。

3B

第三章 日本

青といふ色の靭さの冬の草

二十年ちょっと前、断続的に、イギリスはロンドン郊外の小さな町に滞在していたことがある。いささか薹（とう）の立った留学生としてではなく、海外駐在員の妻としてでもない。現地に住む日本人子女に、帰国してからも困らないように各学科を教えるのが目的だった。

しかし、日本文学科出身の私が、はたして英国滞在に耐え得るかどうかが危ぶまれた。そこで、まずは一か月だけ試しましょう、と提案された。それが、十一月だったのである。

今思えば、最悪のタイミングではあった。イギリスの夏はいいが、十一月はどんよりと雲が垂れているばかりで、日に日に気が滅入（めい）ってくるという。そういったお天気事情を多少は仕入れ、やがてヒースロー空港に着陸となった時、目を瞠（みは）った。うっすら霜をかぶった芝が、まことに美しい緑を見せてくれたのだった。

　青といふ色の靭（つよ）さの冬の草　後藤比奈夫

歳月を経た今でも、心細さの中で出合った、あの見事な冬のグリーンのことは忘れられない。こんにちは、ロンドン。こんにちは、ここでの私。そして、スーツケース一つを提げて、異国での小さな暮らしが始まった。

2015・11・15
ふゆのくさ 冬の草、冬草＝冬

ヒーターの中にくるしむ水の音

英国に滞在するようになって、初めて買ったものは「マグカップ」である。カップが欲しかったというよりは、それに付随していたストレイナー（茶漉し器）に目が行った。なるほど、紅茶の葉をそこに入れて熱湯をざっと注げば、わざわざポットを使わずとも美味しいお茶が頂ける。なぜ、こういった便利なものが日本で見当たらないのか、不思議でならなかった。後日、もう一つ買い足し、どちらも持ち帰った。そして、その二つとも、今のマンションの部屋で毎日、紅茶用に使っている。

お茶の入ったカップを両手に包み、自分はなぜここにいるのだろうと当時考えた。そして、時折音を立てるヒーターに目を遣りながら、「また壊れたかな」と溜息をついた。風呂用のボイラーは到着早々壊れたし、暖房器具はちっとも部屋を暖めてくれなかったからだった。

ヒーターの中にくるしむ水の音　神野紗希

ともあれ、紅茶は美味しい。珈琲用のミルクをいい加減に垂らすのではなく、ごく普通の牛乳でいいのだと英国で知った。ところが、それが後に面倒を引き起こすこととなる。

小鳥来て午後の紅茶のほしきころ

英国で「ミルクティーといえば牛乳」と知ったせいか、その後のわが日本での喫茶店ライフは面倒なことになった。たとえば、「あ、ポットの紅茶がある！」と感激し、注文したとする。しかしそこに登場するのは、珈琲用のごく小さいクリーム。「牛乳、ありませんか」とお願いしても、たいていは怪訝な顔をされてしまう。そのうちにだんだん嫌になってきて、「わかった。ミルクティーは家で飲む！」になってしまった。

小鳥来て午後の紅茶のほしきころ　富安風生

「小鳥来る」は秋の季語で、時季としてずれてしまったかもしれないがお許しを。とてもお洒落で、何かといえば引用している作品である。

ロンドンのキオスクで紅茶を頼むと、紙コップに入れた大きなティーバッグに熱湯をじゃじゃっと注いでくれる。砂糖か牛乳か尋ねられ、「牛乳だけ」と答えたとする。すると、珈琲用の数倍はある、大きなポーションパックが必ず付いてきた。

電車が郊外へ向けて発車した少し後、ほどよく紅茶が濃くなったところで、牛乳を入れてみる。おいしい。素晴らしくおいしい。三十歳を過ぎての新発見だった。

2015・11・29
ことりくる 小鳥来る＝秋

ジョギングに出る他はなき四日かな

なぜ季語になっていないのか不思議でならないものに、「駅伝」がある。冬か新年に分類されていてもよかったのに、と思われてならない（現在は新年の季語に認定された）。

ジョギングに出る他はなき四日かな　今坂柳二

「四日」は一月四日のこと。作者は既に八十代、徹底してランニング関連の句を発表しつづけている人である。

あるものが季語になるには、誰かが声を挙げるか、「これをこの季節に認定してもいいかな」と思えるぐらいの作品を発表するしかない。俳人はいつの時代も中高年が多いせいか、スポーツ関連の新しい季語を決めることに関してかなり消極的である。

この正月、母校が箱根駅伝の二連覇を果たした。俳句はおおむね主観によって評価が定まるが、駅伝は速く走ったもの勝ち。その潔さに感銘を受けると共に、ともすれば「軟弱な大学」だと評される母校に新たな側面が加わったことに、静かな喜びを覚えた。そして、観客の多そうな大手町のゴールに行くのは諦め、テレビの前で「そこだ！　行け！」などとひたすら叫んでいる自分に気付き、ひそかに赤面した。

雪兎可愛がられて溶けにけり

『奥の細道』の結びの地である岐阜県大垣市で講師をつとめてきた。この句会では、講師が当日の席題を発表する。「現物持参」が私のモットーゆえ、席題は前もって「雪兎」に決め、もちろん実物も持って行った。

雪兎は、雪でつくった兎に南天の実や葉で目や鼻を付ける。それを美しき盆に載せ、みやびな風情を喜ぶ。

雪兎可愛がられて溶けにけり　黛執

実はこの季語を知った時、「何と暢気な」と思った。なぜならわが郷里では、そんな優雅なことをする前に「雪掻きをせよ」だったからだ。さっさと雪を掻き、生きるための道筋を付ける。それをしない者に明日はないかのように。

雪兎は、ふだん雪の降らない地域の人達の優美な遊びである。たまに降ったからこそ、兎の形にして喜ぶが、豪雪地帯の人々はこんなものを喜ばない。おそらく、まったく。

ちなみに私が東京で毎年つくる雪兎は、自宅に備えてある「かき氷器」によるものがほとんど。もちろん、まともに雪が降ればそれを利用できるだろう。ともかく予測のつかないことが、この季語の美しさを決めていることは間違いない。

2016・1・31
ゆきうさぎ 雪兎＝冬

レールより雨降りはじむ犬ふぐり

俳句関連の仕事は、すなわち「地方へ行く」こと。美しいまちもあるが、駅に降りた途端、溜息をつくしかないところへ行くこともある。

レールより雨降りはじむ犬ふぐり　波多野爽波

さびしい駅に降り立った時、この句のような状況になったら、ふつうなら泣きたくなるかもしれないが、俳人はタフである。「これをエッセイにできないか」「このわびしげな商店街に面白い店はないか」などと、興味津々で歩きまわる。

そういった町の宿は、たいてい、建物の前に立った瞬間、「ああ、駄目だ」と一瞬でわかることが多い。チェックインして部屋に入り、さらに「もっと駄目だ」と逆に（？）感心してしまうことも多い。しかし、私は俳人だから、その時点からいろいろとメモしはじめるのである。せっかくのダメダメ宿を後で生かすべく、全て書き留める。なぜなら、人は忘れるいきものだから。

本格的な春の訪れと共に、また各地へ行く用が増える。どんな宿や町に出合えるか、今から楽しみ。このところ、「おもてなし」の連呼が目立つが、それ以前のところがどれほど多いか。日本は案外奥が深い。

何となき人の行き来も彼岸かな

大学院進学のため、沖縄から上京してきた心配性の学生と、丸二日間行動を共にした。理由はただ一つ、「どこに住むか」が問題だったからである。

沖縄の大学に四年通った後に来た東京。家賃はすさまじいわ、どこなら住みやすいかわかっていないわで、とにかく物件を一緒に見ないと感覚がつかめなかったのは確か。手頃なものがあればいくつも見て、最終的に彼の意思を最優先して決めた。

何となき人の行き来も彼岸かな　清水道子

この句の穏やかな「行き来」とは異なり、彼と見学したさる都内の駅は、「ここでは生きて行けないだろう」と思えるような場所だった。とにかく人が多かった。

私が大学生になった頃は、情報が乏しくて、そのぶん幸せだったのかもしれない。下宿、お風呂なしでトイレのあるアパート、今どきのワンルームマンションのはしりの建物等、本当にさまざまだったが、そのほとんどが「賭け」に近かった。残念な隣人、残念な町に出合ったなら、さっさと引っ越したものだった。コストパフォーマンスという言葉が、どこにもなかった頃の話である。

2016・3・20
ひがん 彼岸＝春

泡立てしクリームに角みどりの日

日本人は基本的に働き者ゆえか、まとまった休暇をあまり取ろうとしない。最近は秋のシルバーウィークなど、それなりに休みの日数が増えている。しかし、欧米の人のように、まるまる一か月以上の休みを取る人はほとんどいないのが現状である。

そういった中で、昭和期から「楽しい休暇」として考えられてきた休みがあった。ゴールデンウイーク、すなわち黄金週間である。今から思えば、途中に平日が挟まったりして、必ずしも完全なる休暇ではなかったが、子どもを含めて皆、楽しみにしていたものだった。

泡立てしクリームに角みどりの日　和田順子

「みどりの日」は、昭和天皇の逝去に伴い、それまで天皇誕生日だった四月二十九日に制定されたもの。平成十九年から、同日は「昭和の日」になり、「みどりの日」は五月四日となった。ああ、ややこしい。

どのように祝日になったかという経緯はさておき、休みが増えるのはちょっと嬉（うれ）しい。しかし、私のように選句や原稿書きを仕事にしている者には、実はあまり関係がない。ただ、黄金週間の都内の空の美しさは、そばにいる誰彼に伝えたくなる。

2016・4・17
みどりのひ みどりの日＝春

雲水に男の匂ひ走り梅雨

雪のあまり積もらないところに行きたくて、大学進学をきっかけにして東京に来た。

そう、たしかに雪はめったに積もらない。しかし、大いなる誤算があった。東京には「梅雨」があったのだった。「ツユ？　バイウ？　一週間か二週間ぐらいで終わる（のじゃないかな）」といういい加減な気持ちで来たけれど、甘かった。一か月ぐらいで終わるのなら御の字で、少し特殊な年ならば、立秋ぐらいまで梅雨は続いてしまう。日本の四季は春夏秋冬だけだと思われがちだけれど、そこに「梅雨」を足して考えるべきである。すなわち、五つの季節があると。

　雲水に男の匂ひ走り梅雨　岡島礁雨

五月の下旬頃から梅雨に似た天候になることがあり、それが「走り梅雨」。響きは美しいけれど、いささか憂鬱である。

学生時代、雨の日はできるだけ大学に行かないようにしていた時期があった。ところがそれでは単位が貰えない。そこでしぶしぶ雨の日も行くようになった。台風が接近していようと、俳句の仕事に出かけてゆく今とは全く違う。ごく無責任だった若い頃が、少しだけ懐かしい。

2016・5・22
はしりづゆ 走り梅雨＝夏

青田には青田の風の渡りくる

今までいろいろな県に行っているが、それでも未踏の地はある。つい先頃、初めて高知県にお邪魔した。それも四万十市である。

高知龍馬空港から高知市へ。四万十市は、さらにそこから特急電車に乗って二時間弱という距離にある町で、最低でも二泊するつもりじゃないとなかなか行けないだろう。

列車が高知駅を出る。時々本を読みながら、この長い区間を過ごそうかと思っていたが、そうはならなかった。車窓から見えるものが面白すぎたからである。

格別高くはないが、山、山、山が続く。「こんな高いところを特急が走ってもいいのか」と思っていた時に、いきなり、豪華な海を見下ろすことになる。そしてまた次に山が続き、再びゴージャスな色合いの海に出くわす。その合間に、谷としか思えない場所の青田を味わえるのだった。

青田には青田の風の渡りくる　星野椿

私はいわゆる「乗り鉄」と呼べるほどのオタクではないが、鉄道が大好き。このたびの四万十行きは、ずっと持ち続けてきた地形への好奇心を、ぞんぶんに満たしてくれるものだった。

2016・6・5
あおた 青田＝夏

滝上る鮎全身をばねにして

先日訪れた四万十市は、その名の通り、四万十川を擁している。この川は清流としてよく知られており、魚類や川海苔（のり）の豊富さでも有名である。……と、ここまで観光ガイド風に書いてみたが、実際に訪れてみて、この川のユニークさが初めてわかった。

前回書いた通り、高知県は山、山、山である。その合間を縫うようにして流れる四万十川の蛇行ぶりを無理になおそうとすることを、地元の人たちはしなかった。というより、できなかったというべきか。同じように蛇行し、氾濫を繰り返した石狩川が、改修されるたびに三日月湖や湿地帯を残したのとは対照的である。

滝上る鮎（あゆ）全身をばねにして　石井いさお

躍動感あふれる、まことに鮎らしい一句である。四万十市では、おいしい鮎の塩焼きを頂いた。うれしいことに天然ものだった。私は食通でも何でもないが、無駄な脂がないこと、そして草の香りのよろしさをじゅうぶん知ることができた。と同時に、郷里の余市川が鮎の北限といわれていることを思い出し、不意に見に行きたくなった。

2016・6・12
あゆ 鮎＝夏

妻ひそと母ひそとあり竹落葉

　数年前、北海道在住の姉夫婦と姪（つまり姉夫婦の子）と、ちょっと長崎を旅したことがある。ちょうど、大河ドラマの「龍馬伝」をやっている頃だった。「あのあたりが福山雅治の実家かな」などと、今思えばごく軽い会話を交わしていた。
　車の入れない狭く急な石段に驚き、そのぶん、たくさんいる猫を時々愛で、あるいはテーマパークの半端なたたずまいにびっくりし……しかし、私が今でも一番よく覚えているのは、姪が長崎のどうということのない竹林に感激し、写真を撮っていたことである。「京都あたりに行けばもっと素敵なのがあるかもしれないよ」と言いかけて、やめた。なるほど、北海道以外に住んだことのない人にとって、竹林は驚きなのだった。

　　妻ひそと母ひそとあり竹落葉　仲村青彦

「竹落葉」は初夏の季語とされているが、夏という季節がそれなりに進んだ頃にも見られる。他の植物が旺盛な生命力を見せつける時期に、竹はわが子＝筍のために力を使い果たし、はらはら散る。ほとんど全ての草や木が元気いっぱいの時にちょっと疲れている、これが竹の面白さなのかもしれない。

わが死後へわが飲む梅酒遺したし

この稿が載る頃には少し時期を過ぎているかもしれないが、「梅の実」といえば「梅酒」である。梅酒を作る際には、まず硝子(がらす)などの器を用意する。熟しきらない実梅を洗い、蔕(へた)を取り、水分を拭う。それを器に入れ、氷砂糖を加え、焼酎を注ぐ。はい、それでおしまい。

梅酒づくりは拍子抜けするぐらい簡単であり、梅干(うめぼし)づくりの煩雑さに比べると申し訳ないくらい。しかし、だからこそ、かつての日本のお母さんたちは、せっせと梅酒をつくっていたのだなと思う。自分が飲むか家族が飲むかは関係なく、時期が来たからついつい漬ける、そういうものだったのではないか。

わが死後へわが飲む梅酒遺(のこ)したし　石田波郷

私もここ十年以上、なぜか毎年梅酒をつくっている。時期が近付けば器を注文し、梅の実を買い、近年はブランデー漬けなども試してみたりして。「飲みたい」というよりも、「今年も漬けることができた」という喜びのほうが大きい。だから、一口も味わっていない梅酒の群れがマンションのクローゼットの中で静まっている。どんなきっかけで封を開けることになるか、それが少しだけ怖い。

2016・7・3
うめしゅ 梅酒＝夏

夕凪の女坐りの足の裏

俳句甲子園の、各地方大会での結果が出た。

札幌会場では、三度目の挑戦で、私の母校の小樽潮陵高校が松山での全国大会への出場権を僅差で得た。そしてその一週間後に、投句審査によって旭川東高校が松山へ行くことが決まった。同校は昨年の全国大会準優勝の実績を持つ。

俳句甲子園が近付くたびにいつも思うことは、「ああ、暑さが……」ということ。北海道の子たちは、あるかなきかの夏を過ごしてから、愛媛へ行く（旭川の子なら、暑さには少し強いかも）。松山での一日目に必要なのは、過酷な残暑を戦い抜く体力である。なぜなら、冷房のきいている屋内ではなく、空気の澱(よど)んでいる大きなアーケード街で初日を過ごさなければならないから。ましてや、松山は厳しい「夕凪(ゆうなぎ)」で有名な地で、風など望むべくもない。

夕凪の女坐りの足の裏　池田澄子

十二年前、この句の作者である池田澄子さんと、俳句甲子園の本選のゲスト審査員をつとめたことがある。今より十二歳若かったわけだが、あの審査はつらかった。ただ、手元に残っている写真は、不思議なぐらいに晴れやかな笑顔なのが面白い。

2016・7・10
ゆうなぎ 夕凪＝夏

エイサーや手首炎のごと返る

昨年同様、私は今年もこの時期に沖縄に行っているだろう。単なる月遅れではない正しい旧盆の行事が行われる沖縄の、そのまっただ中に、去年はたまたま行くことができた。「エイサー」と呼ばれる本島の盆踊りを地べたに座りながら見ることができたのは、幸運としかいいようがなかった。しかし、口をぽかんとあけて見ていただけの私と異なり、若い人は、華やかで素敵な一句を得ていたのである。

エイサーや手首炎のごと返る　永山智郎

今まで見たことのない踊り。独特のメイクアップ、耳をつんざく指笛。聞こえるけれど意味のよくわからない掛け声、歌声。とにかく、何もかもが驚くべきことに満ちていて、私が呆然（ぼうぜん）としていたことを責める人は少ないのではないかと思われる。

そのエイサーを見た場所のすぐ近くの崖下に、米海軍のものらしい基地が見えた。これまた、圧倒的な存在感を持っていた。俳句は何かを、あるいは誰かを批評する器ではない。しかしながら、エイサーを必死で伝えてゆこうとする沖縄の若い人たちと、眼下の基地の色合いとの違いが静かに心に残ったのはたしかである。

2016・8・28
エイサー＝秋

火を見つめ酒飲む癖や迢空忌

「日本人は初対面の相手の年齢をすぐに尋ね、そこから話の糸口をつかもうとする不思議な民族である」。これは、今から約十四年前、私が書いた老いと俳句についての評論の一部である。もちろん、こういった国民性について批判したかったのではなく、「欧米人はよほど親しくなっても尋ねないのに、なぜ日本人は」と思ったからだった。

こんなことを考えるのは、誕生日が近づいてきたからなのかもしれない。わが誕生日は、たまたま釈迢空(しゃくちょうくう)、すなわち歌人・民俗学者かつ国文学者であった折口信夫の忌日で、九月三日である。

火を見つめ酒飲む癖や迢空忌　七田谷まりうす

私のように短歌から俳句へ移ってきた身にとって、迢空忌はある特別な感慨をもたらす。はたして歌人として生きるべきだったか、あるいは今の通り俳人でよかったのか、と。

そういった感慨とは別に、年齢を重ねると、自分がいったい今何歳なのか忘れてしまうことにも驚く。若い頃に比べ数倍のスピードで一年が過ぎてしまう今、誕生日は大した意味を持たない、単なる「ある一日」になってしまった。

2016・9・4
ちょうくうき 迢空忌＝秋

秋高しまさかの機影覺えてゐる

次の句を読んで、「ああ、あのこと」とすぐにわかる人も多いだろう。

秋高しまさかの機影覺えてゐる　中原道夫

前書は「九・一一ニューヨークテロから十年」、作者は、事件をタクシーの車内で知ったという（その車にはTVが備えてあった）。この句の中七（なかしち）は省略がかなりきいているが、それでも読者に意味がすぐに伝わるところが凄（すご）い。自爆テロから十五年経（た）った今も、あの日がお嬢さんの二十歳の誕生日だったこともあり、作者はすぐに思い出せるという。

日本人は、日付そのもので事件や災害を記憶する傾向がある。二・二六事件然（しか）り、この九・一一も然り。「にいにいろく」「きゅうてんいちいち」などと読み、正式名称を用いずともすぐに話が通じるようにしているようだ。

三・一一と九・一一はちょうど半年離れている。ただ後者はテロであり、私は画面でしか知らない。前者は災害であり、東京も大いに揺れたという違いはある。にもかかわらず、半年ごとにこの「一一」が巡ってくる度に、単なる数字であることを超え、物思いにふけりがちになるのはなぜなのだろう。

2016・9・11
あきたかし　秋高し＝秋

健啖のせつなき子規の忌なりけり

まだ若いといえる年齢で父が世を去った日と同じせいか、子規忌、すなわち九月十九日に妙な親近感をおぼえてしまう。もっとも、正岡子規の死と父の死の間には、九十年以上の開きがあるのだけれど。

　健啖のせつなき子規の忌なりけり　岸本尚毅

「健啖」、つまりは大食いということ。子規の著書である『仰臥漫録』を読むと、はたしてこれが死を前にした人の食べる量かと、驚いてしまう。果物は一度に十個、菓子パンも何個か、粥も数椀……とにかく、健康な人でもこれほどは食べないだろうという量を、子規は食べて食べて食べまくる。そして、その分、書いて書いて書きまくるのである。そのエネルギーには仰天するしかない。もっとも、元気な頃から毎日とてつもなくたくさん食べていたという母親の証言もあるのだから、これは、病にたおれてなお、変わらなかった子規の食欲がもたらした奇跡といえるのだろう。

　われわれは、その最期に何を食べるのか、あるいは何も食べないのか。命をつなぐ毎日の「食」を思う時、そして三十代で亡くなった子規の仕事を思う時、わが心は少し乱れる。

2016・9・18
しきき 子規忌＝秋

くろがねの秋の風鈴鳴りにけり

俳句の世界では、偲ぶ会や、賞を得た人のお祝いの会に出ることは多々ある。しかし、結婚披露宴に出席することはめったにない。理由は簡単、若い人が少ないからである。

そのめったにない機会が先日あった。新郎の十代の終わりから知っていたことをしみじみ感じながら、彼とその友人がかつて山廬を眺めて帰ってきた時のエピソードを、唐突に思い出した。山廬、おおざっぱにいえば飯田蛇笏・龍太の旧居である。山梨県笛吹市にあるその家は、俳句をたしなむ人にとって、ほとんど聖地に近いのではないだろうか。

ただ、飯田龍太は俳壇を引退していたから「行っても山廬を覗くことは許さない」と学生らには申し渡してあった。その言葉を彼らは守り、憧れの地を遠く見るだけで帰京した。

くろがねの秋の風鈴鳴りにけり　飯田蛇笏

この句があまりの名句だったゆえ、歳時記に新たに「秋風鈴」の見出し季語が生まれた。私は、蛇笏にはもちろん会えなかったが、存命だった龍太を垣間見ることもしなかった。一度でいいから会いたかった。しかし、この世には痩せ我慢すべきことが確かに存在するのだろう。

2016・10・9
あきふうりん 秋風鈴＝秋

水澄みて四方に関ある甲斐の国

山梨県笛吹市の「山廬」が一種の俳句の聖地だというのは事実だけれど、一方で、「聖地」で終わってはならないとも考える。なぜなら、遺物を大切にするだけでは世の中は進まず、「これからどうするか」を模索しない限り、そのままだから。

つい先日、「群青」の仲間で、再び山廬を訪れた。この同人誌としては二年前の初冬以来の訪問である（実は、私はこの八月にも個人的にお邪魔していた。それは、すさまじく暑い日だったが）。

現在の当主である飯田秀實さん・多恵子さんのご案内で、蛇笏・龍太の足跡をたどる。もちろん、この時期に合わせた軸もきちんと飾られていた。そして、秋草がさり気なく美しく添えられていた。

水澄みて四方に関ある甲斐の国　飯田龍太

私が俳句を始めたのとほぼ同時に龍太は俳壇から引退してしまった。「会える時に会っておいたほうがいい」と、人はよくいう。しかし、相手が望まない時に押し掛けるのは美しくない。とはいえ、一度でいいから、なまの龍太を目にしたかった、話してみたかった。今となっては贅沢(ぜいたく)すぎる望みではある。

制服に林檎を磨き飽かぬかな

この世には、実にさまざまな「同窓会」がある。今まで、東京で行われる高校や大学の同窓会、あるいはそれより規模の小さな集まりに、都合が合えば出席してきた。しかし、この前、ちょっと変わったというか、思いがけない会に参加することができた。「東京余市会」である。

これは、余市及びその周辺の町村出身ならば、出席が可能らしい。たまたま会の中に俳人がいたため、過日お誘いを頂き、今回初めて出てみた。高校から小樽へ通い、大学からは東京だった私にとって、近くて遠いというべき地が余市である。「行ったはいいけれど、誰とも話ができなかったらどうしよう」と不安だったが、実家が長年模型屋をやっていたおかげで、男子（元男子?）とそれなりに話すことができた。

制服に林檎を磨き飽かぬかな　林桂

会場には、余市から林檎、葡萄、プルーンなどがたっぷり送られてきていた。嶋保町長も公務の合間にはるばる駆け付けてくれた。「生まれ育った町」というつながりだけで人と会う、話す。よく考えてみると不思議な話だが、これもまた、「ふるさと」の持つ魔力なのかもしれない。

冬林檎二人といふは分け易く

夏目漱石について、数回話さなければならない必要上、今、漱石についてあれこれ調べている。

いつも思うのだけれど、読者として、その著作を楽しんでいる時は幸福そのものである。しかし、いざ、その著者について話さなければならない事態に陥ると、「ああ、受けなければよかった、この仕事」と嘆息してしまう。一個人としてのんびりしているぶんにはいいけれど、講座ともなると異常に緊張してしまうのが、私の悪い癖である。いろいろ調べ、それでも完璧ではないと悩む。しかし、「その日」はちゃんと来てしまう。

七〇パーセントだけ調べて百パーセントの話をすることはできない。それでは単なる水増しになってしまう。百二十ぐらい調べ、そのうちの七割を話すのがいい。その時話せなかったことは、自分の栄養としてきちんとたくわえられることだろう。

冬林檎二人といふは分け易く　杉山鶴子

漱石といえば倫敦（ロンドン）、そして、ロンドンといえば、私にとって林檎である。あちらでは、日本とは違った小さなものを、皆がそのまま齧（かじ）っていた。あっちでも林檎、こっちでも林檎だった。

橋に聞くながき汽笛や冬の霧

前回、夏目漱石とロンドンについて触れた。漱石はもともと神経衰弱気味だったが、かの地に行って、相当なレベルに達したようである。「漱石が狂った」と日本では騒がれたようだ。

橋に聞くながき汽笛や冬の霧　中村汀女

一九〇〇年、漱石は九月に横浜出航、十月末にロンドンに着いている。よりによって一番寂しい季節に着いたのだな、と思われてならない。

数行前に挙げた汀女の句は、しみじみとした味わいがある（もちろん、日本国内で詠まれたものである）。しかし、神経症気味の漱石にとって「霧の都ロンドン」は、地獄のようなものだったのではないか。折しも、ビクトリア時代と呼ばれるときで、石炭による煙と大気汚染はすさまじいものだったと思われる。

もともとロンドンは冬の霧が濃いところ。私も二十年ちょっと前に、「詩的」と呼ぶしかない霧に出くわしたことがある。北海道で「ガス」と呼ばれる夏の霧のことはもちろん知っていた。しかし、街中に突然出現するロンドンの霧は別格だった。前を行く人の姿を見失うほどの濃さに、約百年ほど前の留学生・漱石の心情を思った。

2016・11・27
ふゆのきり 冬の霧＝冬

菊判の重きを愛し漱石忌

夏目漱石の忌日は一九一六年の十二月九日、享年はわずか四十九歳だった。漱石が小説家として活動したのは十年余りに過ぎない。しかし、その作品は、今でも読み継がれている。同時代の他の小説家の作品は古色蒼然（そうぜん）というしかないというか、今ではかなりつらいのだけれど、漱石の小説はすいすい読める。これは、友人だった正岡子規が提唱した「写生文」の平明さを見事に体現したゆえか。

菊判の重きを愛し漱石忌　西嶋あさ子

「菊判」は、当時の洋紙の規格、もしくは書籍の寸法の一つ。漱石が出版したものの装丁や挿絵を目にするとき、この句の味わいがしみじみ迫ってくる。

私がロンドン郊外に滞在していた頃、「ロンドン漱石記念館」に行く機会があった。閑静な町の一角に、その記念館はあった。一人でバスを乗り継いで行った。たまたま見学者は私一人で、とても丁寧な説明を受けたことを覚えている。その記念館も英国のＥＵ離脱の影響ゆえ、閉館の時期を一年前倒ししたと聞く。どう残すか、誰が残すか。これはかなり難しい。

2016・12・4
そうせきき　漱石忌＝冬

霧黄なる市に動くや影法師

夏目漱石が滞在していた頃のロンドンは、ビクトリア女王が統治していた。といっても、「君臨すれども統治せず」という態度を女王は守っていたから、必ずしも治めていたとはいえないけれど。

漱石は書く。いかにロンドンがせわしなく、また煤煙(ばいえん)にまみれた都市であるかを。産業革命の後、さらに重化学工業が発達した街に暮らしつつ、漱石はどんどん自らの殻に閉じこもっていった。もともと、「神経衰弱」気味だった性格が、言葉の繊細なニュアンスの通じない異国にあって、さらに極端になっていったことは想像に難くない。

霧黄なる市に動くや影法師　夏目漱石

ロンドン滞在中に正岡子規の死を知っての句である。「霧」は秋の季語だが、漱石はこの句を冬に入ってから詠んだ。もともと霧の濃い町が、さらに「黄」を帯びたものをまき散らす。さびしい、本当にさびしい。いつも思うことなのだけれど、もしも正岡子規がロンドンに同行していたら、漱石の留学はどれほど楽しいものになっただろう。歴史に「ｉｆ」はないというけれど、ついつい考えてしまう。

雪の戸の堅きを押しぬクリスマス

日本のクリスマスは、「何となく楽しむ」というレベルで続けられてきた。たとえその地のクリスチャンがほぼゼロだとしても、商店街にはツリーが飾られる。子どもたちにプレゼントが用意されたりもする。

つい先日、札幌での蝦夷(えぞ)句会の帰りに、美しいイルミネーションを目にした。デザイナーが変わったとのことで、今年はかなり評判がよいという。その繊細さを見ながら、「夏目漱石はロンドンで何を楽しんだのだろう」とふと思った。

調べてみたところ、英国でクリスマスツリーが普及したのは、ちょうど漱石が留学していたビクトリア女王以降だという。女王がドイツ生まれの夫君と一緒になることで、かの国の風習がいきなり入ってきた。なるほど、「伝統は創られる」のだ。

雪の戸の堅きを押しぬクリスマス　水原秋櫻子

日本人は「伝統」だの「歴史」だのを連発する一方で、呆(あき)れるほど新しいものに寛容である。捨てる、受け入れる、つくる、こわす。こんな国はおそらくどこにもない。軽薄な国民性というよりも、「こだわらない」のが信条というべきだろうか。

マスクして母でも妻でもなき時間

私事ではあるが、年明けから家族の病に心を痛めた。私に何ができるわけではない。また、現時点では命にかかわることでもない。ただ、家族に一人病人がいると、思いのほか大変なのだと改めて実感した。これは、母が頭を打って入院した七年前以来である。

今どきの病院は、面会に来る家族についても厳重な態度を取る。用紙に記入し、バッジを受け取り、入室前に手洗いとうがいをし、部屋に入る前に消毒用アルコールで手や指を清める。そして、マスクを着用してから、やっと会うことができる。

マスクして母でも妻でもなき時間　菅原ツヤ子

中七が八音になっているのが気になるが、この感覚はわかる。「マスク」は、その瞬間、人格を消し去るものだから。季語としての「マスク」は冬の乾燥した寒気を防いだり、風邪を予防するためであり、手術時や医療関係で掛けているものは季感が薄い。それでもなお、病棟内でマスクを掛けていて、「これはやっぱり冬」だと感じた。ふだん暖房をケチる東京にしては病院は暖か過ぎ、そして乾燥し過ぎていたからだった。

2017・1・22
マスク＝冬

恋猫や世界を敵にまはしても

寒気の厳しい北海道では、「そんなこと、まだまだ先」といわれるかもしれないが、早春は「猫の恋」の季節である。

近年は、都内の野良猫もかなり減った。屋内で飼われる猫が増えたせいか、あの独特の声でこちらを悩ませる雄も少なくなった。そのぶん静かになったわけだけれど、どこかしら寂しい気分があるのも否めない。

　恋猫や世界を敵にまはしても　大木あまり

この句、必死になって自分の子孫を残そうとする気迫が感じられ、かなり気になる作品である。

近頃は「猫ブーム」らしい。しかし、たとえば二十年前、「私は猫が好き」と口にすると変人扱いされた。これは誇張でも何でもなく、「へえ、変わってますね」と実際に私が何度も言われたのだから、仕方ない。

犬のことはよくわからないが、猫は「拾うか貰ってくるか」が王道。ブリーダーが育てた猫も可愛いのだろうけれど、わが家の猫は「保健所あがり」、かつ信州生まれの気の強い三毛である。丈夫で、十一年間、風邪一つひかない。飼い主ともども、生き抜く力を持っているらしい。

2017・2・12
こいねこ 恋猫＝春

水にじむごとく夜が来てヒヤシンス

四月から「NHK俳句」の「俳句さく咲く!」を担当することになった。番組では、実作者のメール投句、初心者のタレントさんたちとのやりとりが中心となる。ちょうど一年間あいたが、前の「NHK俳句」の時は、毎月、「季語の実物」を持って行くのが私の使命だった。忘れられそうな季語を手に入れたり、自分でつくったり、緊張感に満ちた二年間だった。二十時間かけてつくったペーパークラフトっぽい季語、ゆっくりと育てて、収録当日に間に合うようにした季語など、大変だったけれど、今でも各地で声をかけられるのは嬉しい。

数か月待った季語の代表は、「ヒヤシンス」である。秋、まず球根を手に入れる。そして、あの懐かしいガラスの容器にセットして、あとは寒気に当てたりして、春の開花を待つ。

水にじむごとく夜が来てヒヤシンス　岡本眸

今回も幾つかの球根を水栽培してみた。ところが、寒さにさらすことを省いたせいか、花だけ元気で葉が大きく育っていない。植物はごく正直。わが怠慢を責めるごとくに、いびつなヒヤシンスは香っている。

2017・2・26
ヒヤシンス＝春

車にも仰臥という死春の月

数年前、「日本人は、台風の被害はすぐに忘れるけれど、地震については覚えている」と書かれたものを読んだことがある。その時は「台風なら毎年来るし……なるほど」と思っただけだった。ただ、東北三県ほどではないにせよ、東京の都心で震災を経験してから、あの言葉は、かなりの実感をもってわが心のうちに居座ることとなった。

車にも仰臥という死春の月　高野ムツオ

仙台駅で被災し、自宅まで歩いて帰る途中で詠まれた一句。作者は、この句を含む一連の作品が収められた句集によって、蛇笏賞を受賞した。

遠い昔、上京すべく準備していた私に、父は「ドライバーセット」と「懐中電灯」を持たせた。前者については「これさえあれば何でも組み立てることができる」と思ったからか、とにかく、プラスやマイナスのドライバーが、その後の暮らしに大いに役に立ったのは間違いない。

後者については、三十数年前の姉の結婚式の引き出物に（父が勝手に）したぐらいだから、その「懐中電灯愛」の深さは恐ろしいほどだった。それに感化されたせいか、私は今でも、通販のカタログに「懐中電灯」があるとつい注文してしまう。三・一一の朝も最新仕様のものが届き、「さらに乾電池を備蓄しなければ」と思った矢先に、東京は大いに揺れたのだった。

季語の実物を集めるのと同様、私は防災用品をずいぶん前から集めている。懐中電灯十本、ラジオは三つ、非常食も水も、簡便なトイレなども相当な量を用意している。なぜなら、何かがあった時、この街で助け合う余裕は当分生まれないのではないかと思うから。東京で生きてゆくのは、「一人」を覚悟することでもあるのだから。

うまさうなコップの水にフリージヤ

よく考えると「ちょっとヘンかも」と他の人から思われるかもしれない小さな癖がある。それは「引っ越した時に花を飾ること」である。荷解きが済んだわけではない。それどころか、段ボールや粘着テープが散乱している中で、「まずは、ここに居を構えたしるし」として、私は小さな花束を買って来て飾ってしまう。三十年以上前に進学のために上京した時も、それは例外ではなかった。

うまさうなコップの水にフリージヤ　京極杞陽（きよう）

この句に出合ったのは一九九九年、俳句を始めてからすでに何年か経っていた。多くの俳人が、フリージアを懸命に描こうとする中で、この句は異彩を放っていた。なんだ、これでもいいのだ。いや、これがいいのだ。この句の脱力感は、ともすれば頑張り過ぎになりがちな私を救ってくれた。あれ以後、杞陽はわが憧れの俳人である。

過日、沖縄から東京に来て一年住んでいた大学院生が二十三区内に引っ越す手伝いをした。いや、本当に手伝ったわけではなく、そこそこ大きな荷物が新居に収まった後、「では、冷蔵庫に入れるべく、食べ物を買いまくりましょう」と、いわゆる「爆買い」めいたことをしたのである。

あれは楽しかった。彼の前の住まいのワンルームとは異なり、冷蔵庫が大きくなったぶん、何だって買える、収めることができる。そして、その最後の買い物に私は小さな花束を加えた。いいフリージアがなかったため、スイートピーをまじえた小さな束だったけれど、何だか嬉しかった。

住まいがどんな規模だろうと、「ここから今日が始まる」と思えば我慢できる。そして、そこに花があればなおのこと。

2017・3・26
フリージア＝春

冷房の画廊に勤め一少女

九州での大雨、そして東日本での旱（ひでり）めいた猛暑など、つくづく日本は災害列島なのだと実感する。雨や出水に限らず、竜巻や、冬季には豪雪があったりする。四季のめりはりがはっきりしているのはいいが、こうあれこれ起きると、「とにかく忙しい国だ」とあらためて思わざるを得ない。

今年の東京は、春から初夏にかけての半端な寒さを経て、いきなり猛暑になった。「梅雨寒」「梅雨寒し」といった季語をすべてすっ飛ばして、唐突に真夏に突入した感がある。

三十数年前、進学のために上京した頃は、山手線の冷房が半分入っていたかどうか。プラットホームで電車を待っていて、冷房車が滑り込んでくると「やったー!」と学生仲間で喜んだものである。また、地下鉄の冷房など望むべくもなく、ただただ汗をだらだらかきながら移動していたものだった。今はメトロの駅も車内も冷房が入っていて、それを当たり前だと皆が思ってしまっている。「あのね、以前はあつあつの電車に乗っていたのよ」と若い人にいうと、きょとんとされる。彼らが「いったい、それってどんな時代?」といいたそうな顔をしているのが面白い。

冷房の画廊に勤め一少女　岡田日郎（にちお）

この句が詠まれた当時、「一少女」はごく贅沢な空間にいるのだと実感されたのだろう。しかしながら、今では「冷房のきき過ぎ」で苦労している女性が多い。東日本大震災の後は節電が呼び掛けられたため、ほどよい涼しさで済んだけれど、最近はまた、「厳しい涼しさ」が目立ってきた。

夏季に帰郷した際、新千歳発の快速エアポートの震え上がるような寒さに私はいつも驚く。そんなにサービスしてくれなくても十分です。

2017・7・23
れいぼう 冷房＝夏

八月や六日九日十五日

ある時から「突然流行り始めた句」がある。

　八月や六日九日十五日

もしくは、ちょっとだけ変えて、次の句。

　八月の六日九日十五日

いやいや、もっとある。

　八月は六日九日十五日

こういった、少しずつ表現を変え、日本人にとって重要な八月の日付を列挙した句が、いろいろなところで見られるようになった。私も、各地の俳句大会で何度か見かけている。この、数年にわたる「いったい誰の句だったのか」という悩みに応えるように、「鴻」所属の小林良作氏による冊子が昨年発行された。その丹念な検証により、元の句は、長崎県出身で広島の海軍兵学校入校後、広島の原爆を経験した諫見勝則氏（故人）の句だとほぼ特定された。同氏は戦後に医師となり、長崎と尾道で多くの患者を治療したという。つまり「頭でつくった句」ではなかったのだった。

　この「八月や」の経緯とは全く別に、最近、不思議なことがあった。私が選をしているあるテレビ番組の特選句と、同じく私が私的な指導をしている句会に出された句の、上五中七が全く同じだったことである。しかも、下五に置かれた季語は、それぞれ「金魚飼ふ」と「熱帯魚」。

　ふつうなら、後者は「先行作あり」と切って捨てられそうだが、番組内で特選と決めた句は、放送日まで絶対に明らかにされない。そして、わが句会はその放送日より前だった。つまり、内容の一致は全くの偶然だった。「たまたまなどあり得ない」と私はつねづね言っているけれど、ある季語を前にして抱くイメージはそれほど差がないのかもしれないと思うに至った。

2017・8・6
はちがつ 八月＝秋

この街に何万の人髪洗ふ
旅いつも雲に抜かれて大花野

何年目だろうか、今年も松山市の俳句甲子園を見に行った。東京の開成高校、そして母校の小樽潮陵高校の応援と、かなり忙しかった。台風の目と呼べる学校といきなり対戦した去年と異なり、今年の潮陵は予選リーグを三勝で通過、そして「ここで勝てば決勝リーグへ行ける」というトーナメント戦の最終句で旗一本の差で負けた。

　この街に何万の人髪洗ふ　清川祥太

　予選リーグでの潮陵生の句。兼題の「髪洗う」を男子がいかに詠むか全国的に注目されたが、この句の大きさには感激した。5―0の判定で勝てたのも納得だし、授賞式で団体奨励賞を受けたのも納得である。ただこれからは、母校の後輩たちも、東京から私がいちいち飛行機で行って指導することを期待しないでほしい。今はどのように俳句を学んで行くか、今後はいかに地元の俳人たちの助けを借りるかを考えるべき段階に来ている。

　俳句甲子園の優勝は昨年に続き、開成高校だった。これで十回目である。進学校だから勝てるのだろうと思う人も多そうだが、俳句は偏差値で詠むものではない。苦しみながら多作し、捨てまくった後で「この句にしようか」とみなが怯えながら大会に臨むのである。ただそれは、私自身が彼らの句の生まれる厳しい現場に立ち会っているからこそ、わかることでもあるけれど。

　旅いつも雲に抜かれて大花野　岩田奎

　大会の最優秀に選ばれた開成高校の生徒の句である。西行の、あるいは芭蕉の生涯を思う時、この作品の持つ普遍性に気付く人が多いかもしれない。流れ行く雲、そしてあてのなき旅を続けるかもしれない自分のこころ。愛される句には、全ての人を納得させる力がある。

2017・9・3
かみあらう 髪洗ふ＝夏　はなの 花野＝秋

あの世まで見渡せそうな良夜かな

ここ数年、松山での俳句甲子園の翌週に沖縄に行くことを自分に課している。松山での胃の痛くなるような応援から解放される喜びもさることながら、とにかく本土と全く異なる光の強さに惹(ひ)かれているのが大きな理由だろう。

今年は岩手県花巻市での仕事を終えてから、そのまま那覇空港に降り立った。いきなり押し寄せる熱気、そこここに見られるブーゲンビリアやハイビスカス、「ああ、沖縄に来たのだ」という思いを強くした。そしてまた、民間の飛行機や軍用機が激しく行き交う空を見て、「これが沖縄の現実なのだ」と改めて思った。那覇空港には「不発弾を持ち帰るのはやめてください」という内容の貼り紙がしてある。それを初めて見た時はかなり驚いた。

数か月前に、沖縄県現代俳句協会による『沖縄歳時記』(文學の森)が発行された。

あの世まで見渡せそうな良夜かな　岸本マチ子

編集委員のメインの一人である氏は群馬生まれで、現在は那覇在住。風土も言葉も異なる沖縄で、よくぞこの一冊をものしてくれたと感動した。多くの季語は本州でのあり方を基礎としているが、狭い国ながら、日本は南北に長い。当然、各地での季語の扱いは微妙に異なってくるはずである。

南には南の季語がある。そして、北には北の季語がある。そろそろ道産子も、本腰を入れて新しい『北海道歳時記』を編んでいただきたい。戦火でずたずたになった沖縄でこのたび記念的な一冊が生まれた。それを思えば、遥(はる)かに広い島である北海道でなら、さらに豪華な歳時記が生まれるかもしれない。

2017・9・17
りょうや 良夜＝秋

曼朱沙華抱くほどとれど母恋し
見えさうな金木犀の香なりけり

本州にいると、北海道にいた頃には経験できなかった植物の季語の多さに、あらためて驚かされることが多い。

たとえば、「彼岸花」。「曼珠沙華（まんじゅしゃげ）」というエキゾチックな別名を持つこの花は、秋季の彼岸を迎えようとする時にいきなり開花する。その唐突さにはびっくりするしかない。茎が出てある日突然咲くことと、花が終わった後に葉が出てくることから、「葉見ず花見ず」という別名すらある。これはつまり、葉は花に出合えず、花は葉にまみえることが叶（かな）わないからである。

曼朱沙華抱くほどとれど母恋し　中村汀女

「死人花」「幽霊花」「捨子花（すてごばな）」「狐花（きつねばな）」など、この季語の別名はあまりありがたくないものばかり。飢饉（ききん）や災害の際に代用になる救荒食物なのに、もともとは有毒であることや、彼岸の頃に咲くゆえにこういった異名が付いてしまったのだろう。しかし、絶対に時期を違（たが）えずに咲いてくれる律儀（りちぎ）な花であり、北海道のかたがたにも是非見ていただきたいものの一つだ。

東京では、もう少し経つと金木犀（きんもくせい）の本番を迎える。木のすぐそばではなく、何歩も通り過ぎてからふっと匂うあの花の存在感を、何にたとえたらいいのだろう。

見えさうな金木犀の香なりけり　津川絵理子

金木犀は暖地でしか育たない。しかし、余市在住の義兄は東京で学生時代を過ごしたゆえか、あの花の香りが忘れられないらしく、金木犀を大きな鉢に植え、せっせと面倒を見ているようである。でも、その気持ちもわかる。一度、あの香りを嗅ぐと二度と忘れないから。甘やかな青春期を思い起こすのに、これほどふさわしい花もない。

2017・10・1
まんじゅしゃげ 曼朱沙華＝秋　きんもくせい 金木犀＝秋

ぎんなんをむいてひすいをたなごころ

今年の東京の秋は、例年にない寒さに見舞われている。いつもなら、汗をかく日があったり、ときには多少の寒さに見舞われながら、ゆるゆると冬に入るのだが、何だかとても変。おそらく、こんなに寒い秋は私が上京して以来のことだろう。

学生時代、大学祭はだいたい十一月三日前後に行われた。天気が良ければ昼間はかなり暖かい。しかし、夜は結構冷えて、模擬店の片付け等はつらかったことを覚えている。後年、俳句を始めてから「あれが『夜寒』というものだったのだな」とやっと理解した。冬の「寒し」という季語に対し、秋には「朝寒」「夜寒」がある。この二つは、昼間は暖かいけれど、朝や夜は冷えることを表現している季語で、かなり繊細な感覚に彩られている。季節の移ってゆく感じをうまく言い得ていて、好きな季語だ。

渋谷の大学祭は「青山祭」、通称青祭(あおさい)と呼ばれていた。キャンパスには、さほど長くはないが美しい銀杏(いちょう)並木があり、ぎんなんが落ちる時期になると、近所のご婦人たちが手袋持参で拾いに来ていたものである。それは、外皮が臭くて、ときにかぶれることもあるゆえの対策だったのだろう。

ぎんなんをむいてひすいをたなごころ　森澄雄

ひすい＝翡翠。たなごころ＝掌。この句は悪臭のする段階のぎんなんではなく、つつがなく消費者の手元に届いた頃のものである。

東京に来て驚いたことの一つは、茶わん蒸しにぎんなんが入っていることだった。小樽・余市地区だけかもしれないが、茶わん蒸しといえば栗の甘露煮でしょう！と思い込んでいたため、びっくりした。

2017・10・29
ぎんなん 銀杏＝秋

こころにも北窓のあり塞ぐべし

「思い出の住まい」「現在の住居」など、とにかく今まで経験した部屋や家について雑誌に書く機会があった。

　振り返ってみると、余市の実家、上京したての頃のアパート、古い一軒家、横浜の新築コーポラス、目黒駅近くの賃貸マンション、三階建ての蒲田の新しいビル（最上階が住まいだった）、ロンドン郊外のフラット、神楽坂の賃貸マンション、そして現在と、おおむね九つ経験したのだとわかった。住んだ場所の数が多いか少ないかは、他の人と比較しようがないけれど、今のマンションに来てから、十七年経った。神楽坂駅と飯田橋駅の両方を使える、かなり便利なところである。

　悲しい思い出に彩られた部屋や家もある。あるいは、仮住まいとして半年だけいたのに、思い出すたびに温かな思いが湧いて来るところもある。不思議なことに、できれば忘れたい家も懐かしい家も、等しくその間取りを覚えていること。玄関から勝手口まで、あるいは調味料の置き場所や台布巾の干し方に至るまで、人はそうそう忘れないものなのだと、今回の執筆で思い知らされた。

　こころにも北窓のあり塞(ふさ)ぐべし　片山由美子

「北窓塞ぐ」は冬構(ふゆがまえ)の一つで、十一月の季語。目貼(めばり)をしたり、板戸を打ち付けて寒風や雪を防ぐことが行われた。北海道の実家付近でも、子どもの頃にはよく見られた。今でも覚えているのは、隙間風を防ぐためのテープである。スポンジ部分が隙間と隙間を埋めるように戸や窓の間にはまってくれる。ちょっと前、小樽のホームセンターに行った時、その「隙間テープ」が売られていた。東京での出番はおそらくないが、嬉々(きき)として買い求めた。

2017・11・12
きたまどふさぐ　北窓塞ぐ＝冬

七草粥吹いて昭和を送りけり

職業柄か、地方に泊まることが多い。俳句は各地に赴いて話をしたり選をしたりで、家にとどまっているだけでは仕事にならない。自分が出かける、そして現地の人達に会って親交を深めることによって、また次の機会へとつながってゆく。

特に気候のいい頃、たとえば五月や十月などは、毎週どこかに行って泊まっているといってもいいほどである。ハイシーズンではなくても、毎月必ず泊まりの仕事があり、それは年末年始でも変わりはない。この年初も、埼玉の奥地に泊まって明朝の紙漉き(かみす)に備えることになっている。マネジャーなしの演歌歌手の仕事のように、自分で切符の手配をし、目的地の駅に降り立つ。その時、最初にすることは、地元の新聞を買うことである。何がその地で話題になっているか、自分が講演をする大会が催し欄に出ているかなどを確かめつつ、翌日に備えるようにしているわけだ。

過日、所用があって札幌のホテルに泊まった姉から、「朝食がね、和食用のおかずが多くて洋食はほとんどなかった」という話を聞いた。その直後にさる県へ出張し、ホテルの朝食のバイキングのメニューを見渡した。なるほど。納豆や鯖(さば)の何とか煮や高野豆腐の煮物がたくさんあるけれど、パンに合うものはほとんど無い。

七草粥吹いて昭和を送りけり　三嶋隆英

一月七日は七種の若菜を入れて炊いた粥(かゆ)を食べる日。ホテルでは、七草とまではいかなくても、朝食に粥を用意するところは多い。私は粥が好きで、体調の良し悪(あ)しにかかわらず、家で炊くことがよくある。ただし、七草だけは、「フリーズドライ七草」や、籠に可愛いらしく寄せ植えされたものを大いに活用させて貰っている。

2018・1・7
ななくさがゆ　七草粥＝新年

大寒の困ったことに良い月夜

昨年の句集出版以降、ペンを持つこと（比喩ではなく、実際にペンを持つこと）がかなわない日々が続いた。実は、年賀状もほとんど書かないまま、年が明けてしまった。

これはなぜかというと、本当に久しぶりの出版だったゆえか、謹呈した先のかたがたからの懇切なおたよりや、さまざまなお心遣いが一度に押し寄せてきたことによる。お気持ちはとても嬉しく、ありがたい。しかし、そのお心に応えようとペンを持った瞬間、いわゆる思考停止状態に陥ってしまうのだった。

まず、書き出しを思い付かない。しばらく考えていると脂汗が出る。そのうちに書くべき御礼状が増えてゆき、ますます事態は悪くなる。ただ、青息吐息ながら、パソコンを使っての評論などは（かなり遅れつつも）書くことができる。しかし、自筆で何かを……と思った瞬間、途方に暮れてしまうことがずっと続いてしまっているのは情けない。

俳人は、お中元やお歳暮、あるいは著書に関してのお心遣いについて、「電話で済ます」ということは、まず、しない。メールで済ませることもしない。郵便局が泣いて喜ぶくらい、封書や葉書を用いて懸命に返事を出すのがふつうである。

それができなくなってしまっている今、私はひたすら自分を恥じている。そして、恥ずかしく思えば思うほど、悪循環に陥ってしまうのだ。

大寒の困ったことに良い月夜　池田澄子

この句の通り、「困ったことに」という事態の中、五百枚のまっさらな年賀状を前にぼんやり考えている。時はすでに大寒、もう立春へ向かって始動しなければならないことが、今、ひたすら重い。

2018・1・21
だいかん 大寒＝冬

一日をくたびれて来し受験票

昔受けた試験の夢を見て、うなされる人は案外多い。「数学の問題が解けないところで目が覚めた」「真っ白の答案用紙を前に、夢の中の自分は汗をかいていた」など、大人にインタビューすれば、おそらくかなり面白い話が聞けるだろう。

三月になると高校入試があらかた終わり、大学受験も終盤にさしかかっている。その結果に狂喜したり、絶望の淵に立ったりしている生徒さんやその親御さんたちを見るにつけ、「人生、これで終わりじゃないから」とつい言いたくなって困る。これは本当によけいなお世話である。なぜなら、その時期の受験生たちや家族のいちばんの関心事は「入試の結果」だから。そこを部外者が無駄に突いていいわけがない。

あることに必死になれる時期がたしかにある。ただ、たとえば入試から何年も過ぎてしまうと、「あれはゴールではなく、単なるスタート地点だったのだ」とやがて悟るだろう。しかし、当事者にとってそれは、常に見えないことなのだ。

一日をくたびれて来し受験票　佐藤郁良

日本一といってもよい進学校で教える作者。入試の監督をしながら、よれよれになりつつある一枚の「受験票」に目を留めたのだろうか、さり気なく、しかし心のこもった作品である。

私自身については、入試や学生時代の試験の夢はもう見ない。ただ、「一人だけ投句締切に間に合わない夢」は今でもよく見る。自分ひとりが真っ白な短冊を前に青くなっていたり、一句も書き記すことができずにただ椅子に座っていたり、俳句を始めて足かけ二十九年経っても同じ。しかし、もしかするとそれが、明日の句を生む原動力になっているのかもしれない。

2018・2・18
じゅけん 受験＝春

卒業の別れを惜しむ母と母

拙句集『カムイ』が俳人協会賞に決定してから、胡蝶蘭（こちょうらん）や紅白のワインなど、皆様からのあたたかなお心遣いに癒やされる日々が続いている。と同時に、「もしも駄目だったら、どんなことになっていたのだろう」と考える。「たぶん、賞を取れますよ」といった、気遣いにも似た言葉は以前、何度か頂いた。また、「これだけ年間アンケートの結果にあったのだから」という、少しだけ裏付けのある言葉も頂いた。

しかしながら、賞というものは「欲しい」と騒いだから貰えるものではなく、あくまでも「天から降ってくるもの」である。アスリートのように満を持してレースに臨むのではなく、すでに出てしまった本の評価をわれわれはじっと待つ。駄目なら駄目でそれを受け止め、たまさか何かの賞を得たなら、それを心から喜ぶ。「賞をとりに行く」という発想を持つことも可能なのだろうけれど、文芸の世界では、まずない。すべては審査員が決めることであり、著者の出番はどこにもない。

卒業の別れを惜しむ母と母　小野あらた

第一句集『毫（ごう）』より。このシニカルな視点などが大いに評価され、全面的に改訂された角川書店編の俳句歳時記第五版にも多数載った。しかし、この句集は俳人協会新人賞にはならなかった。賞は、頂いたからいいというものではない。大切なのは、「この人はこういう句を詠んだ」と人々の記憶に残ることである。

冒頭に書いた「もしも駄目だったら」を改めて思う。駄目だったら、皆がその話題を避けたことだろう。無闇（むやみ）に気遣われたことだろう。そういったもろもろのことを思う時、ほんの少しだけ安堵している自分がここにいる。情けない。

2018・3・4
そつぎょう　卒業＝春

人はみななにかにはげみ初桜

一瞬のできごとだった。雨の後、電動自転車に乗っていた。前から人が来た（東京都心の道は狭い）。よけようとして、点字ブロックに乗り上げた。気付いたら、自転車はスリップ後に横転し、私はコンクリートの路面に叩きつけられていた。痛みより何より、その瞬間に思ったのは、「頭を打たなかったか」ということだった。数年前、家の中で頭を打ち、それが原因で世を去った母のことは、つねに意識の中にある。

幸いにも頭を打つことはなかったし、レントゲン撮影の結果、骨に異常は見られなかった。ただ、右足全体の腫れゆえ、歩くのに大いなる不自由を強いられている。数日経っても膝は思うように曲がらないし、すたすた歩くこともかなわない。せっかく春らしくなりつつあるのに、あちらの椿、こちらの初桜というように、せっせと探訪することをできずにいることが、俳人として身もだえするほどつらい。

人はみななにかにはげみ初桜　深見けん二

前にも引いた句である。現時点で俳壇最長老に近い作者のこの句を読むたび、「分」というものに思いを馳せる。それぞれにできること、各自がなすべきことを見いだす、それもまた、能力の一つではないかと。この作品、一読して教訓めいていると感じる人がいるかもしれないが、「初桜」の美しさによって、みごとに詩に昇華し得た。

今、階段をまともに昇り降りできない。タクシーに乗る際も苦労する。「杖を使ったほうが、一見して歩行困難だとわかるからいいのよ」と先輩女性俳人から教わった。ありがたい。完全なるシニアではなく、かといって若くない者は、そういった情報から最も遠くにいるのだと痛感した。

2018・4・1
はつざくら 初桜＝春

わがセーラー服のゆくへや芽吹山

足を痛めてから遠出がかなわず、寂しい。私はふだん、歩くのがかなり速い。

今、たまたま都心に住んでいる。その気になれば電車を使わずに済むし、手を挙げさえすれば、タクシーが目的地に連れて行ってくれる。ただ、たまさか電車に乗ろうとすると、たとえ杖をついていても誰も席を譲ってくれないことに気付いた。あ、空いたと思っても、元気いっぱいの子どもが我先(われさき)に座る。気の遠くなるような痛みが我が身にあったとしても、それは目に見えない。

ここしばらくいろいろなことを考えた。二十代の若白髪の時代から毎月染めているこの髪を、真っ白なままにしていたなら。あるいは、歩くのをいっそやめて、さっさと車椅子に委ねていたのなら。そうしていたなら、足に激痛が走っている時に誰かが「大変ですね」と何かしらの助けを申し出てくれたのではないかと。ただ、それは後付けの予想であり、実際に経験しないとわからないものだということもわかった。

わがセーラー服のゆくへや芽吹山　山下知津子

高校等を卒業してしまった後、「セーラー服」はどこへ行ってしまったのか。衣服は体を覆うからこそ、作者に直接寄り添う。面白い作品である。

一九九〇年代、ロンドンから郊外の自宅へ向かう列車の中で、急に体調が悪くなったことがあった。ひたすら我慢して立っていた時、当時の私より少し上くらいの男性が「あなたの顔は真っ青。ひどい。お座りください」と席を譲ってくれた。ろくにお礼も言えぬまま座らせて貰ったが、あの優しさは心にしみた。異国で一人、もしくは東京で一人。どちらも経験すべきことではある。

サンダルを脱ぐや金星見届けて
サンダルを履いて少女となりにけり

このところ、自註句集という名の小さな本の制作に悩まされている。はっきり言って自分が悪いのだが、これまでに出した句集や句集に収めなかったものも含め、とにかく簡単な註を添えて出せという。

こういった本を出す場合、一番難しいのは「自分で選ぶ」ことだと改めて思った。

自分のことをいえば、まず第一句集にはほとんど残せる句がない。そこそこ有名になった句なら、二句ほどあるけれど。

さらに第二句集を検討してみたら、これまた句がない。読者に楽しんでもらえた作品ならば、何句かある。しかし、それだけで一冊の本をつくれるかというとまた別の話である。

わが句の場合、ラッキーなことに句集を出す前から有名になってしまった句が幾つかあり、それらは十年以上前に歳時記に既に収められていた。「え。この句も句集に未収録だったの?」「まだ入ってなかったの?」と何度言われたことか。こういった問いはかなり幸福なことで、「この句、誰も知らない」と片付けられてしまうことがほとんどなのである。

サンダルを脱ぐや金星見届けて　櫂未知子
サンダルを履いて少女となりにけり　田中冬生

新しい歳時記に収録されることが決まった新季語「サンダル」の二句。たまたま私の句が先に載ったが、これは生年順もしくは見出し季語か傍題かという条件ゆえである。

東京は、梅雨じたいをすっ飛ばして真夏の暑さが続くという。それに対して、ひんやり涼しそうな北海道に心ひかれる。

2018・7・8
サンダル＝夏

牛小屋に出水の跡のまざまざと

西日本の豪雨による死者・行方不明者の数の多さにはとにかく驚かされた。私が上京したのは昭和五十五年。その二年後、長崎の豪雨で二百人以上が亡くなったことがあった。当時、「湿舌（しつぜつ）」という言葉を知り、その名のおどろおどろしさに震え上がったことは、今でもよく覚えている。このたびの雨による被害は、平成になってから最大だという。地震なら阪神淡路、そして記憶に新しい東日本大震災があった。どちらも多くの人が亡くなった。しかし、豪雨による被害がこれほどとは。

牛小屋に出水の跡のまざまざと　棚山波朗

俳句では梅雨期の豪雨を「出水（でみず）」と呼ぶ。台風による出水は「秋出水」といって区別する。ここに挙げた句は、「ここまで水が来ました」と説明できるくらいはっきりと、その痕跡が残っていたのだろう。

東京で、出水らしきものを経験したことが私にもある。大田区に住んでいた頃で、一気に降った雨が行き場を失い、床下浸水してしまった。同じ日、同区内で、母親の葬儀の手続きをしに行った男性が、自転車ごとマンホールに吸い込まれて亡くなるという事故も起こった。「東京は災害が少ないと思っていたけれど、全く違うではないか」と怒ったことを記憶している。

今住んでいる神楽坂のマンションでも、十年以上前に豪雨が地下に入り込んで、エレベーターが丸一日使えないという事態に陥ったことがある。一階から九階まであえぎあえぎ階段を昇ったり降りたりして、「浸水しそうな地上の一戸建てに住むのと、浸水はしないけれど、何かあれば身動きの取れなくなってしまうマンション住まいのどちらがいいのだろう」としばし考えた。

2018・7・22
でみず 出水＝夏

沈黙を運ぶメトロの冷房車

上京してから長く、本州の暑さに慣れた身でも、今年の熱波はつらい。「精神を統一して乗り切れ」などといわれても困る。家を出て数分も経たないうちに身の危険を感じるようになる暑さは、心の強さをもってしのげる類いのものではない。

こういう夏、決まって私が尋ねることがある。すなわち、「あなたは部活動をしていた時、水を飲むことを許されましたか」。そうすると、常に同じ答えが返ってくる。「体に悪いから飲むな」といわれた、と。

今にして思えば誰も死ななかったことが不思議。いや、もしかすると実はあちこちで死んでいて、表沙汰にならなかっただけなのかもしれない。水分を補給することが罪であったかのような、あの時代を思えば、近年はずいぶん熱中症対策に気を遣って貰えるようになった。

沈黙を運ぶメトロの冷房車　池部淳子

「メトロ」、すなわち以前の営団地下鉄、今の東京メトロだろう。この句は平成に入って以降のものと思われる。なぜなら、私が上京した昭和五十年代は、ＪＲにも冷房車は少なく、ましてや地下鉄にはほとんどなかったから。その頃は「地下だから冷房が難しいのかな」とのんきに考えていた。

当時、窓の開いている電車が入線すると、かなりがっかりした。冷房がなく、扇風機が空気をかき混ぜるだけの電車だとわかったから。反対に窓をしっかり閉めた車両が入ってくると「やった！」と、友人たちと大いに喜んだものである。

この夏、気象情報では「ためらわず冷房を使ってください」の「ためらわず」の部分が強調されている。冷房は贅沢だと考えている人々へ向けて「命のほうが大事ですよ」と伝えるかのように。

2018・8・5
れいぼうしゃ 冷房車＝夏

清らかに星積もりゆくケルンかな

何をもって夏の終わりを感じるかは人さまざま。私にとっては、毎年八月開催の俳句甲子園の終わった瞬間が、「ああ、終わった」と実感するときである。今年、北海道の高校は投句による審査になったが、松山行きを決めたチームはなかった。残念な結果になった。

昨年、二連覇した東京の開成高校は、優勝十回、準優勝三回の実績を持つ。三連覇を期待された同校の今年のチームは、とにかく淡いというか、昨年までの「いかにも強い」感じと異なっていた。正直なところ、「予選を突破するのも難しい」と私は感じていた。俳句甲子園は、自分たちの句の良さや、相手校の作品に足りないものを華麗なるパフォーマンスを以て語らないと、勝てない。その点、今年は厳しかった。ところが、何とか決勝戦にまでたどり着くことができた。

清らかに星積もりゆくケルンかな　渡辺光

決勝戦の五句のうち、開成俳句部キャプテンの句。季語は「ケルン」(夏)、詠み込むべき字は「清」、俳人高浜虚子の本名である。結果的に最終の五句目で敗れ、準優勝となった。

その時のキャプテンの挨拶が素晴らしかった。先輩たちが築いてきた実績は、チーム内で孤軍奮闘の感のあった彼にとって、終始、重荷であっただろう。それをいわず、「自分が受け継いできたものを、後輩へとつないでいきたい」と涙をこらえつつ語り終えた。気付けば、当の生徒たちのみならず、顧問もOBも観客も審査員も私もみな、涙していた。それは負けてかわいそうだったからではなく、彼の背負ってきたものの重さを思ったゆえである。こうして、私の夏が、彼らの夏がやっと終わった。

2018・9・2
ケルン＝夏

新聞に雨の匂ひや漱石忌

ハロウィーンのあれこれが報じられた後、街はいきなりクリスマスへと装いを変える。かぼちゃだらけの世界から、さまざまなイルミネーションが輝く別の次元へと。どうして日本人はこんなに変わり身が早いのだろう。

一九九〇年代前半、英国に一か月間だけ私がお試しで滞在したのは、十一月のことだった。ハロウィーンのハの字もなかったというか、クリスマス一色だったというか、とにかく、オレンジ色のかぼちゃやグッズは一切記憶にない。

その滞在は、現地の日本人の子女の勉強を見るためだった。まず、一か月住んでみて、それで大丈夫だということになれば、その後、断続的に滞在できるでしょう、という約束になっていた。

あのお試し滞在は、それなりに刺激的だったが、一方でかなりつらいものだった。毎日々々、空は鉛色。死ぬほど寒いような気温にはならないが、暖房をとにかくケチるお国柄なので、なんだかいつでもどこでも寒い。おまけに、滞在した三部屋あるフラット（いわゆるアパート）では、給湯設備が故障してしまった。

新聞に雨の匂ひや漱石忌　片山由美子

「漱石忌」は十二月九日。夏目漱石がロンドンに留学し、精神に変調をきたしたことはよく知られている。今のように情報があふれている時代ならいざ知らず、使えるお金も少なければ明かりも乏しかったロンドンから、漱石はよく生還したと思う。十一月からクリスマスにかけての英国は、よほど気丈じゃないと生き抜くことができない。それは自然条件の厳しさだけではなく、自分はつくづく異邦人だと実感してしまうせいだ。

2018・11・25
そうせきき 漱石忌＝冬

松の内過ぎいよいよの余生かな

子どもの頃、「明治、大正、昭和を生きて来た」という人たちをどこかで目にするたびに、「凄い」と思った。後に俳句を始めてからは、「え。この人、正岡子規が亡くなった年に生まれたんだ」などとかなり驚いた。

　しかし、よく考えてみると、元号を三代ぶん生きることは、古き世ではそれほど珍しいことではなかったのかもしれない。昭和という時代は特別長く、われわれにとって身近だったから、どうしても「三代生き抜いたのだ」といった感慨が強くなる。けれど、天皇の代替わりが頻繁だった時代には、こういった思いはかなり薄かったのではないだろうか。

　さてすでに二〇一九年となり、「平成最後の年賀状を」などと銘打った郵便局のキャンペーン（?‐）もほんの少し色褪（あ）せていることだろう。

松の内過ぎいよいよの余生かな　宇多喜代子

軽やかながら、深い内容の作品をいつも見せてくれる作者。後進の者へも惜しみなく手を差し伸べてくれ、こちらはひたすら感謝するしかない。作者は昭和二桁生まれで初めて蛇笏賞を受賞した人である。

明治、大正、昭和。なるほど三代。

大正、昭和、平成。こちらも三代。

　特筆すべきは、「昭和、平成、〇〇」という、新しい元号を生きるだろう人々の多さ。もちろん、私自身もそこに含まれる。「私たち、三代ぶん生きましたよね」と考えると、にわかに年を取った気分になる。しかしながら、元号がどれほど変わっても、生まれ来る作品の質は今後も変わらないだろう。

2019・1・13

まつのうち 松の内＝新年

冬麗の簞笥の中も海の音

整理簞笥（だんす）を処分した。四十年近く使っていたものだった。進学のために上京し、暮らし始めたアパートで、「うーん。これはやはり簞笥がないと」と思った。間に合わせの箱から衣類を出したりしまったりでは、不便で仕方がない。上衣（うわぎ）はどこかに吊（つ）ることが可能だが、こまごましたもののために、整理簞笥はやはり必要だった。

そこで、デパートのようなところへ出かけ、買った。「のような」というのは、そこはふつうのデパートと異なり、学生でも月賦（なんと懐かしいことば）でものが買えるところだったからだ。

この簞笥はいつも一緒に移動してくれた。大田区、横浜市、目黒区、そして今の新宿区に至るまで、つねに一緒だった。ところが、処分するに当たって、感傷的な気分にならない。なぜなのだろう。

冬麗の簞笥の中も海の音　友岡子郷

蛇笏賞を受賞した句集『海の音』より。多分に幻想的で、しかもなぜかしら実感のある句である。立春をとうに過ぎてしまっているが、今の私の気分とよく合うような気がした。

若い頃を懐かしむ気持ちは、私には一切ない。それはおそらく、さまざまな焦燥や自己嫌悪に満ちた時代を振り返るにすぎないからだろう。この簞笥には世話になった。よく一緒についてきてくれた。しかし、サヨナラをした。

いろいろな人に迷惑をかけ、傷つけたりした長い歳月。箱物家具を一つ処分したからといって、それらが全て帳消しになるわけではない。しかし、小さな別れが、少しだけ気持ちを軽くしてくれたのは確かである。

2019・2・24
とうれい 冬麗＝冬

ただひとりにも波は来る花ゑんど

三月というと十一日。どうしても東日本大震災を思い出す。

あと十五分ほどで家を出る間際だった。都心の美術館で家族と待ち合わせすべく、化粧などしていた。午後三時近かったので天気予報を聞こうかと思ったのだろうか、珍しくTVをつけていた。すると突如、警報が鳴り響いた。初めて聞くメロディーというか、まことに不快な音だった。そして、なぜか「東京はもうおしまいだ」と思った。

東京は天災に襲われることがほとんどない都市だ。その中で、「いつか大きな地震が来る」とは言われていたが、人は暢気ないきものであり、「自分の生きている間は……」などと考えてしまうものなのである。

ただひとりにも波は来る花ゑんど　友岡子郷

神戸の震災に遭った作者の句。そういった事情を考慮せずとも、この作品のしみじみとした味わいは、多くの人々に受け入れられるのではないかと思う。

そういえば、三十数年前の余市の姉の結婚式の引出物には懐中電灯が含まれていたはず。これは、模型店を営んでいた父の意向だろう。私が上京する際にも、父は「懐中電灯」と「プラスとマイナスのドライバーセット」を持たせたのだから。これさえあれば大丈夫と思ったかどうかは定かではないが、その後、わが「懐中電灯愛」がはぐくまれるきっかけになった。ちなみに、東京の自宅マンション内には、懐中電灯が十本以上あり、年に一度、電池を全て入れ替える。だからこそ、たまの地震に慌てて避難グッズを買い漁(あさ)る人の心理が理解できない。

2019・3・10
えんどうのはな 豌豆の花＝春

猫の耳吹いてゐるなり落第子

今年も、受かるべき生徒は受かった。そして時に「なぜこの子が駄目だったの?」と思える事態もあり、あるいは「あら、あまりにも順当ね」と思ってしまうこともあったり。たかが受験、されど受験。何が明暗を分けるのかは、誰にもわからない。

この年齢になってみると、子どもがいないこともあり、誰がどこに受かろうが落ちようが、じつはあまり関係がないことに気付く。しかし、佐藤郁良さんと共同代表をつとめている「群青」という同人誌では、誰が進路を決め、誰が決めていないのかは、案外大切なことなのだった。

たとえばこの小さな同人誌の企画部が手薄だったとする。そこに、この春受かりそうな人が来てくれるといいな、などと思ったりもする。それはあくまでも「捕らぬ狸(たぬき)の」なのだが、たまたま意中の人が進路を決めてくれたりすると、舞い上がる。ありがとう、ありがとう、あなたは企画部よね、いや、あなたはきっと編集部に来てくれるわよね、などと勝手に盛り上がる大人を目にして、学生さんたちは何を感じているのだろう。

猫の耳吹いてゐるなり落第子　市川葉

長野県の小諸で二度ほどお目にかかった女性ドクターの句である。知的で淡々としていて、ある意味ぶっきらぼうともいえる人だった。しかし、俳句に向かう真剣な態度を見せてくれた俳人だった。

男の子でも女の子でもいいから、とにかく愚直に俳句と取り組んでくれる人がいないか、私は探すのに必死。でも、なかなかいなくて。

2019・3・24
らくだい 落第=春

春の風邪小さな鍋を使ひけり

俳人にとっていちばん大切なことは、まず自分の作品を充実させること。これなくしては、何も始まらない。

そして、その次に大事なのは、選を通じて他者の素敵な句に出合うこと。自作に執着しているだけでは、先に進めないのだから。

春の風邪小さな鍋を使ひけり　井上弘美

この句の季語は「春の風邪」。冬の風邪と異なり、それほど重い症状にはならないが、長引くことが多い。この作品には、おそらくは一人暮らしの人の「風邪をひいてしまったけれど、それでも何か食べなければ」という思いがある。つつましく、そして実感のこもる句である。

ちなみに先日、「春の風邪」に関して、いやな経験をした。二か月に一度指導している句会に、派手な咳(せき)とくしゃみを連発する人が出席したのだった。

本人は「(さる人から)風邪をうつされた」と言っていた。よく聞いてみると、どうもそれは、その風邪をおしてまでこの句会に出席したのだというう意味らしかった。しかし、句座を共にする者にとっては、これは凄く迷惑なことなのである。

句会は、限られた空間を長時間共有する。その場に風邪をひいた人が混じってしまえば、みなにうつしてしまうのは明白だ。なんと、彼はマスクさえかけていなかったのだから。大きな音を立てたり選評の最中に関係ない話をしたりするのも困ったものである。

この世には、それぞれの場ならではのエチケットがある。それを守れない人には、今後、句会の出席をご遠慮願うことにしようと、私は決めた。

2019・4・7
はるのかぜ 春の風邪＝春

亡き友のわれにもたらす新樹光

私のもともとの俳句の師匠である大牧広先生が亡くなられた。昭和六年生まれで八十八歳だった。わが父も同じ年の生まれだが、ほぼ六十歳で世を去った。もし父がもう少し長生きをしたならば……などとついつい思ってしまう。

慣れぬ短詩型に取り組んでいた頃、「あなたの短歌は五七五で終わっている」と指摘されたのがきっかけで、私はいきなり俳句をやってみようと思った。俳句総合誌に載っていた各結社の広告を見て、見本誌を請求した。その中で最も歴史が浅く、かつ主宰自身の一筆箋が添えられていた大牧先生の「港」に入った。即、誌代を払い、即、句会への参加である。「うまくなってから句会に参加しましょう」などという発想は私にはなかった。英会話と同じで、すぐに飛び込んだほうが話は早いので。

かなりの跳ねっ返りの私の扱いについて、先生は苦労をされたと思う。何しろ、当時、「これは俳句ではない」という非難がたくさん来るような作風だったのだから。

亡き友のわれにもたらす新樹光　久保田哲子

師匠は「友」ではなく、あくまでも師なのだが、哲子さんのこの句は、今の気持ちを代弁してくれる作品のような気がした。「新樹」は初夏のみずみずしい緑におおわれた木々のことで、生命力を感じさせてくれる季語。毎年、「素敵ね」と思わせてくれるものである。

父は平成の初期に世を去った。わが先生は令和になる瞬間を見ずに亡くなった。こういう時、西暦ではなく元号の存在理由があるのかもしれないと思う。すなわち、遺された者が、自分の中ではっきりと区切りを付けるための。

2019・5・19
しんじゅ 新樹＝夏

よくはねて夕日の好きな山女かな

「群青」の仲間と恒例の五月合宿を行ってきた。今回の場所は奥多摩で、代表二人以外は、事前に選評会用の五十句を提出しなければならないハードなものだった。もちろん、一日目、二日目ともに吟行句会（各十句出し）もあるし、課題句や席題句も多数つくらなければならない。その間に二日間とも「季語を体験する」こともしなければならないのだから、とにかく五月の合宿は忙しい。休憩時間はなきに等しい。

一日目は「山葵狩」を体験してきた。山葵は春の季語だが、かわいらしい「花山葵」（夏の季語）にも出合えて素晴らしかった。山葵が案外、根を張っていること、そして、収穫できるまでには結構な月数が必要だと知ることができた。

二日目の体験は「バーベキュー」と「虹鱒釣」。前者は新しい歳時記に採用された季語。後者は歳時記によって春に入れられていたり夏だったり、安定していない。そこで、「虹鱒ではなく『山女』や『岩魚』のつもりで詠んでもいいのではないか」という提案がされた。かくして、偽山女釣や偽岩魚釣の句が句会に出された。

よくはねて夕日の好きな山女かな　大谷博光

『北海道俳句年鑑』より。札幌在住の作者だから、やはり山女を「やまべ」といっているのかしら、などと思ったり。

前述の虹鱒釣は、川を何か所か堰き止めた場所に魚を放って貰い、釣る方式だった。いわば、天然の場所を利用した釣り堀に近い。「よく釣れるね」「釣れすぎるね」などといいつつ、釣った虹鱒を炭で焼き、バーベキューも楽しんだ。しかし、日程があまりにもタイトだったため、時間との勝負という、不思議なＢＢＱになってしまった。

羽蟻の夜テレビの中の贋家族

高校時代の同級生たち二人と東京で話す機会があった。彼女たちは今でも小樽市に住み、どちらも実の母親と一緒に暮らしている。

神楽坂の散策の仕方を、路地をあれこれ歩きながら指南する中で、思うことがいろいろあった。すなわち、「親と暮らす娘たち」はもっと評価されてしかるべきではないか、と。ところが、そういった「娘たち」のほとんどは、同居していない親族からあまり評価されない。それどころか当の母親は、たまさか来る、離れて住む子どもたちを丁重に扱う。そんな話をしながら、「これって、昭和期によくいわれた『同居している嫁さん』『外にいる子』の関係によく似ている」と思うに至った。

私自身が経験しているので、これははっきりいえるのだが、かつての姑たちは、同居して尽くしてくれようとする嫁をあまり大切にしなかった。そして、たまに来る自身の子が、この世ではめったにないぐらいいい子だと褒めそやしたのである。平成を経て令和となった今、昔の「嫁」の役割は、母とともに暮らす「娘」へと変わってしまったのかもしれない。

羽蟻の夜テレビの中の贋家族　橋本喜夫

『北海道俳句年鑑』より。かなり寂しい句である。しかし、本当の「家族」は案外見つからず、テレビドラマの中にしか、今や存在しないのかもしれないと思うと、この句の季語のありようもじゅうぶんうべなえるのである。

人はなぜ、最も身近なひとをおろそかにしがちなのだろう。そしてなぜ、感謝の思いを間違った相手に向けがちなのだろう。一緒に暮らしてくれる人が一番偉い、これはわが信念である。

2019・6・16
はあり 羽蟻＝夏

噴水の丈は日の丈子らの丈

老いた親とその子どもの関係について。前回とつながる内容になる。私は今、五十代後半。自身は両親ともいないが、この世代は、親の老いを身内でいかに共有しあうかという瀬戸際に立っている。人生百年といわれる現在、「親を思う」だけではなく、身内をもっと具体的に支援していかなければならないのではないだろうか。

噴水の丈は日の丈子らの丈　源鬼彦

『北海道俳句年鑑』より。すこやかに育ちつつある子どもが見えるようで、とても素敵な作品である。と同時に、これからという子たちの負うものを思った。

私は、家族の面倒を見る場合、ドライに料金設定をしたほうがいいのでは、と思っている。何となく、「お兄ちゃん、察してくれないかしら」などと考えていたら、きょうだいの関係は必ず壊れる。以心伝心などに頼らず、「この場合にはいくら」「一日いくら」と家族ごとに決めておけば、期待のし過ぎで疲れることが減るのではないか。

こういうと必ず「そんな冷たい関係は」という声が挙がる。しかし、不満を漏らすのは、お金を一切出したがらない親族であり、評価されるとわかって喜ぶのは、実際に面倒を見ている人たちである。

どうしても無理な人は別として、まあまあ大丈夫なかたがたは、親と同居している肉親に何がしかのお金を定期的に送ることをお勧めする。もちろん、墓を守ってくれているきょうだいに送るのもいい。親と暮らし、あるいはその供養をするのは想像以上に大変だから。よけいなお世話だとは思うけれど、これは家族の心が離れてゆくのを防ぐ手だてになるかもしれない。

2019・6・30
ふんすい 噴水＝夏

口中に鮑すべるよ月の潟

ふだん指導している東京の開成高校が、今年も松山の俳句甲子園に行けることとなった。去年に続き、限りなく淡いチームなので危惧していたが、何とか松山行きを勝ち得たようだ。

何年か前から、私は都内で指導しているだけでは物足りなくなり、現地で試合経過を見届けるようになった。その中で気付いたのは、現役の高校生はともかく、自腹を切って後輩の面倒を見に行こうとする大学生たちのことだった。「この子たち、高校生の頃は俳句甲子園でおいしいものを全く食べてなかったというし、もしかすると大学に入っても松山では……」などと、考えたのである。

本当にこれはよけいなお世話であり、私自身、見なかったことにすればいい。しかし、「じつはこの町、探せば本当はおいしいものがあるよ」と言いたくなって困る。だから、できれば食べさせたい。「俳句甲子園はつらいことだけじゃないよ」と。

口中に鮑(あわび)すべるよ月の潟　野澤節子

「鮑」は歳時記では夏の季語。積丹半島あたりでは秋であり、少し納得が行かないが、八月の松山の店で出して貰うよう、すでに予約をした。海胆(うに)もお願いした。北海道では夏の季語だが、歳時記では春である。こういったことも仕方がない、目をつぶろう。

以前、学生さんに「海胆と鮑、どっちかと言われたらどっちを選ぶ?」と尋ねたことがある。全員、「鮑」だった。

その理由に納得した。「海胆ならスーパーで売っていることがある。でも、鮑はありません」。感動した。よし、愛媛県の松山で少し緩めの鮑を、皆でたっぷり頂きましょう。

2019・7・28
あわび 鮑＝夏

夏風邪やなんもなんもと長電話

青森県の「東奥日報」主催の俳句大会に行ってきた。この大会はかなりユニークだった。

まず特別選者に向けた投句、地元選者が事前に選をする宿題句、そして当日投句がある。つまり事前の投句にも特別選者宛と地元選者宛の二段階があり、当日句も席題が発表されてから詠むというかたちになっていた。私は今まで各地の大会に招かれて講演をしたり選をしたりしてきたが、ここまで参加者に寄り添った大会を経験したことがない。

ふつうの地方大会は、《1》事前投句のみ《2》事前投句に加えて当日投句あり《3》当日投句のみの参加でもよい――といったかたちが多い。こういった「ふつうの形態」だと、事前に句を送り、入賞したけれど授賞式には一切来ないというパターンが増える。

それに対して、青森の大会は三段階の投句を総合して点数を計算し、最終的な順位が決まり、表彰される。これならば、先に句だけ送って当日は知らんぷりといった事態は避けられる。

実によくできているなと感動した。と同時に、お役所主催の大会では到底不可能だと感じた。敗戦直後から数えて大会が七十三回目を迎えられるのには、理由があるわけである。

青森の大会の翌朝、沖縄に向かった。青森空港―羽田空港、そして羽田空港―那覇空港という強行軍となった。正直にいってへとへとになったが、どこか不思議な感覚もあって悪くなかった。

夏風邪やなんもなんもと長電話　横山いさを

「樅」秋号より。北海道と沖縄の共通点をちょっと教えてくれる句。次回、触れてみたい。

2019・9・8
なつかぜ 夏風邪=夏

はるばると来てばさばさと砂糖黍

前回、横山いさを氏の〈なんもなんも〉を用いた句を引いた。この句が沖縄と共通していると思ったのは、かの地でいう「なんくるないさー」に響きが似ているから。どちらもどこか楽観的な言葉であり、遠く離れた北海道と琉球に住むひとびとが、心の奥底で通い合うものを持っていると考えると、何だか楽しい。

ところで。じつは、前に書いた青森―羽田、さらに同日すぐに羽田―那覇という強行軍の移動日に、姑が亡くなっていた。その少し前から弱っていたが、一時期持ち直したため、安心して私は青森と沖縄に出かけたのだった。

青森二泊、沖縄に二泊して真夜中に帰宅した翌日、夫がふっと呟いた。「おふくろ、昨日、火葬にしたから」。あれほど驚いたことは近年ない。

はるばると来てばさばさと砂糖黍(きび)　櫂未知子

こんなのんきな句を現地で詠んでいる間に、百歳の姑は世を去り、ごく小さな葬儀が営まれたのだった。

「母が死んだ。帰ってこい」というのはたやすい。あるいは、「母が死んだ。でも、無理に帰ってこなくてもいいから」というのもたやすい。

しかし、さまざまな出張がある中で、稀(まれ)なほどの遠距離移動を試みていた配偶者に「着いたばかりの沖縄からすぐ帰ってこい」とは一切いわなかった、その優しさが改めて心にしみる。これもまた、紛れもないひとつの愛のかたちではないかと。

知らせるのも愛情、知らせないのも愛情。私自身は、「逝去そのものを知らせなかったこの人、相当な人物」だと思った。

2019・9・22
さとうきび 砂糖黍＝秋

林檎剥くアダムもイブも老いにけり

まさか、こんなに台風に襲われるとは思っていなかった。「上陸するかもしれない」といわれていても、たいていの台風は関東地方からは逸れてくれるのだが、今年は違った。

ゴルフ練習場が倒壊した現場の映像が今でも衝撃的な十五号台風では、千葉県で多く停電が発生した。俳句の友人たちは、「四日間停電した。わが家はオール電化なので本当に困った」「二日間停電した。めちゃくちゃ暑かったので、ばててしまった」などと報告してくれた。

次の十九号台風は、「東京を直撃する」と早くから報道されていた。以前なら、「来る来るというけれど、また、たぶん外れるでしょう」と楽観していたが、予報の精度が上がった今なら、信じざるを得ない。そして、台風が近づくにつれ、首都圏の交通機関が全てストップするかもしれないと報道された。内心、とても困った。上陸するというその日、「群青」の中でも大きな句会が予定されていたからである。

悩んだ末、前々日の夕刻、「中止」をメンバーに知らせた。不要不急の用がない限り、出かけないほうがいいとさんざん伝えられている中、暮らしと直結しない句会を開催するのはいかがなものかと思ったからである。約三十年のわが俳句生活において、中止は初めての事態だった。

林檎剥くアダムもイブも老いにけり　越前唯人

『北海道俳句年鑑』より。このたびの台風は長野県をも直撃した。多くの林檎が落ちて泥にまみれたという。林檎というと、私はすぐに郷里の余市を思う。せっかく実ったものが、自然の猛威の前で台無しになるのを見るのはつらい。

2019・11・3
りんご 林檎＝秋

家といふ家みな灯る藁塚の村

いろいろな御縁から、結社誌を送って頂けるようになるのは、とてもありがたいことである。源鬼彦主宰の「道」もしばらく前から拝受することがかない、くまなく読むようになった。

　家といふ家みな灯る藁塚の村　田湯岬

その「道」十一月号より。「藁塚」は刈り入れの終わった田んぼに積み上げた藁の束。クロード・モネの「積みわら」を思い起こすとわかりやすいかもしれない。モネの絵の藁は稲とは違うが、日本に似た懐かしい雰囲気を持っている。

　この田湯岬の句は、人家の明かりをいつくしむ気持ちに満ちている。おそらくは一軒一軒が離れている「村」の中、ぽつりぽつりと灯されていった家々。ある種の人恋しさも感じられ、収穫を終えた農村の雰囲気がよく伝わってくる。

　私自身は田舎とはいえ、余市のまちなかで育ったため、こういった光景には馴染みがない。むしろ、俳句を始めてからあちこちの田に注目するようになり、「おお、藁塚は地方によってみんな形が違う」「藁塚は機能的にできていて美しい」と思うようになった。

　過日、新潟のスキー場で「スキー場のリフトを利用した稲干し」が行われていることを知った。使われていない時期のリフトを活用した方法である。稲を乗せ、リフトをぐるぐると移動させてゆくうちに、稲はいつか乾く。期せずしてほぼ天日乾燥に近い仕上がりになるという。

　大倉山ジャンツエなどは通年のジャンパーの練習が多いだろうから難しいかもしれないが、稲、ジャンパー、稲、ジャンパーと順次巡ってくる景色もいいなと思った次第である。

2019・11・17
にお（にほ）藁塚＝秋

孤舟めく最上階の春灯

新型コロナウイルスについてのニュースが、連日流れてくる。知らぬうちに感染してしまったかたがたのことが心から気の毒で仕方ない。

私は句会を開く際、風邪をひいている人には出席を遠慮してもらうようにしている。「風邪をひいているけれど頑張って来ました」という人は、率直にいって迷惑な人。句会に参加すると数時間同じ室内にいるから、必ず誰かにうつしてしまう。しかし、このたびの「新型」はあまりにも新しいがゆえに、みな、どう対応していいか困っているようだ。

このコラムが掲載されるころには、クルーズ船に閉じ込められていた乗客もかなり下船していることだろう。じつは私、十九年前に香港発の豪華客船クルーズに参加したことがある。たまたまかなりいい部屋でジャグジーや豪華なバスローブ、バルコニーもあったが、数泊でじゅうぶんかな、という感じだった。船やツアーが悪かったわけではない。ただ、「無為の時」を楽しむには、自分はあまりにも日本人的過ぎると思ったのである。つまり、飽きてしまうのだった。

今回の客船にとどめられ、海を見つめているだけの日々は（窓のない客室もあるようだが）、本当につらいものだっただろう。そんな折、『北海道俳句年鑑』に載っていた次の句が目に留まった。

孤舟（こしゅう）めく最上階の春灯（はるともし）　籬朱子（まがきしゅこ）

同じフネでも「船」は少し大きなもの、そして「舟」は小さなもの。この句は字がきれいに書き分けられている。品よく、そして美しい。さらには寂しい。高層ビルで働く人たち、もしくはそこに住む人たちの心のありどころを描いている、すてきな作品だった。

2020・3・1
はるともし 春灯＝春

問診に答へてくれず夏痩せす
うすらひの罅割れ死亡診断書

新型コロナウイルスの感染者の数がとどまるところを知らない。北海道でも、観光客と接する機会の多かったかもしれない人びとをはじめ、感染が少しずつ増え続けているという。

SARS（サーズ）が流行した頃は、こんなに騒がれたかどうか、私は心もとない。前日は何名の感染者が出た、このイベントのせいでこんなに多くの感染者が出たといった話が、連日報道されたかもしれない。だが、当時の記憶はほとんどない。自分自身がよほど無神経だったのか、のんきだったのか、今でもよくわからない。

今回のコロナウイルスの問題がこれほど気にかかるのはやはり、多くの人が豪華客船に留め置かれたという事実が印象に残るからなのだろう。

問診に答へてくれず夏痩せす
うすらひの罅（ひび）割（わ）れ死亡診断書　岡本正敏

一冊目から三十数年以上を経ての第二句集『石狩』より。作品からわかるように、作者は札幌市内でドクターをつとめている。いつも思うことなのだけれど、医師の仕事はごく過酷だ。紹介されて来る患者さんの場合はともかく、医師は患者を選べない。突然外来で訪れる悩める人びとをわけへだてなく診ることは、どれほど疲れることなのだろう。

私が検診などでお邪魔する東京・新宿のクリニックの先生はなかなか素敵だ。先生はいつもちょっと疲れている。疲れつつも、ふっと笑ってくれる時の顔がいい。こちらの不摂生を特段責めることなく、「ではこの検査ではこうしましょう」と提案してくれる。たまさか受ける胃のレントゲンで、くるくる回転させてくれながらも。ええ、喜んで耐えますとも。

2020・3・15
なつやせ 夏痩せ＝夏　うすらい 薄氷＝春

稿遅れまじく花どき机拭く

　生まれて初めて、東京都内の週末の閑散とした景色を目にした。たとえば近所のポストへ行っても、ほとんど誰にも会わない。似たようなことは新年でも経験しているが、お正月の場合はもう少し晴れやかである。
　私が住んでいる地域は、新宿駅からも東京駅からも同じように近く、本当の都心にある。人口密度はそれほどではないが、どの路地にも何となく人がいて、そのぶん安全である。つねづね、「ここに住めてよかった」と実感してきたが、今年は違う。新型コロナウイルス感染拡大に伴う都知事の外出自粛要請で、自宅から徒歩圏内にある千鳥ケ淵や靖国神社の桜を見に行くことがかなわない。神楽坂周辺に住んで二十年になるが、「どうも今年は出歩いてはいけないらしい」と、今、途方に暮れている。

　稿遅れまじく花どき机拭く　髙橋千草

「壺（つぼ）」主宰として、誠実に選句や原稿執筆を行っている作者。たとえ桜が満開になっても、「まずは原稿を」と自分のなすべきことを優先させる、その姿勢に頭が下がる。この句は、頂いたばかりの二〇二〇年版『北海道俳句年鑑』から引いた。こういった地方から発信されている年鑑はありがたい限りで、エッセーを書く時や各地の作家を紹介する際にとても役に立つ。
　この春、都内の桜をまともに見ることはかなわなかった。しかし、今月下旬、例年通りに札幌で蝦夷句会が再開される（結果として開催はかなわなかった）。「今年の東京は花見もできない」と愚痴った私に、余市の姉が「いや、句会でこっちに来たら見られるっしょ」と大いに訛（なま）りつつ明るく言った。

2020・4・12
はなどき　花時＝春

実印のかがやきをもつ薊かな

前回書いた四月下旬の蝦夷句会を中止することに決めた。道新に掲載後、「北海道と札幌市が（新型コロナ感染拡大を受け）緊急共同宣言を出したのに、句会をやるのですか」と心配する仲間の声もあったが、原稿を書いた時と実際に載る日の間には、二週間の隔たりがある。おゆるし願いたい。

先日、同人誌「群青」でオンライン句会を試した。これは自宅にいながら映像でお互いの顔がリアルタイムで見られ、選評の音声も聴くことがかなうもの。つまりテレビ会議である。ただ、私以外は皆若くてすいすい操作できるのに、代表である自分自身が一番使いこなせない。正直、途中で退出しようかと思った。

その中で生まれたのが次の作品である。もともとこの句会（ミケの会）は兼題（あらかじめ出してある題）が十あり、そのうちの「薊」でこの句は詠まれた。

実印のかがやきをもつ薊かな　小山玄黙

薊はありふれていて、しかも花どきが長い、なかなか難しい季語。しかし、よくこういう個性的な作品にしてくれたものだと感動した。

このミケの会は、本来、兼題のほかに当日、季語の実物を二、三示す（「席題」と呼ぶ）。花を手に取って観察したり、飲食物の季語は実際に飲んだり食べたりして、それぞれが句を詠む。しかしながら、オンライン句会では当然それがかなわない。残念ながら今回はあきらめた。

不要不急。今春はこの言葉に打ちのめされた。俳句はその最たるものである。私の仕事はほとんど消えた。四月の番組収録も中止になった。そして、フリーランスがいかに脆い立場かを改めて知った。

2020・4・26
あざみ 薊＝春

生えそろう前歯に苺大きすぎ

どこにも出かけない日々が続いているせいか、何だか疲れてきた。私は乗り物で移動する出張も大好きだが、一方で、家にいるのも無上の喜びとしている。「一週間、マンションに籠(こも)っていても平気。猫さえいれば」と今まで豪語してきた。また、百貨店などに出かけて買い物をするのは苦手で、近所の神楽坂商店街でこまごましたものを買うのが日ごろの楽しみになっている。

自ら進んで家に籠ることと、「出かけないでください」といわれて自粛するのとでは、全く意味合いが違う。小さな買い物にすら罪悪感をおぼえる日々の中で、少しずつ心が摩耗してゆくけれど、「これは世界中の人が経験しているのだから」と自分を戒めている。

生えそろう前歯に苺(いちご)大きすぎ　小橋厚子

頂いたばかりの句集『鳶(とび)のコンパス』より。著者は空知平野の深川市在住で、中学校の英語教師だったという。北海道の人らしい大らかで気持ちのよい句の並ぶ一冊である。

ここに掲げた句の「苺」は、近年誤解されがちな季語の一つで、若い人は「冬の季語でしょう?」とよくいう。彼らにとっては年末のクリスマスケーキの印象が強いらしい。たしかに、ケーキには苺が可愛く載っているし、十二月にその出番は多い。ただ、値段は高い。高いということは、「旬ではない」ことを意味する。最盛期は、そのフルーツの価格を下げるはずだからだ。

どこにも行けない毎日の中、苺の愛らしさを思い浮かべると心がなごむ。「そういえばベランダで育てようとしたこともあったね」と懐かしくなった。あ、念のため、苺は夏の季語です。

2020・5・24
いちご 苺＝夏

明易や老いゆく前に壊れたる
篠椅子やどこへも行かぬことも旅

暑い東京の街をマスクをかけて歩く、これはかなりつらい。しかし、医療従事者は勤務中ずっと、もっと気密性の高いマスクを着けているのだろうと思うと、申し訳ない気持ちになってくる。

明易(あけやす)や老いゆく前に壊れたる　橋本喜夫

旭川を拠点とする結社「雪華」主宰の第二句集『潜伏期(せんぷくき)』より。「多忙のためか医師の間で心の病相次ぐ」という前書がある。二〇〇八年の句だが、まるで、書名ともども今の世界の状態を予見していたかのようだ。

妻の早世、父の死去と、この句集は医師として俳人としての悲しみに満ちた一冊である。あとがきに「私にとって一番死なせてはいけない人を逝かせてしまった後悔と無力感」とあり、胸を打たれた。しかし、次のような句もあった。

篠椅子(とういす)やどこへも行かぬことも旅　橋本喜夫

たとえば夏の夕暮れ、篠椅子に身をゆだねながら、過ぎゆく雲を眺める。亡き人のこと、愛する人の顔を思い浮かべながら。つまり、体は家にありながら、心をはばたかせているのである。引き続き「3密」を避けるようにいわれている今、こんな「旅」もあるのだと、感じ入った。

私はここ三か月以上、他の人と同様に旅はもちろんできなかったし、電車に乗ったのも三回きりだった。講座も句会も講演も出張もすべて中止になり、マンションの一室に籠っているしかなかった。その間、「ふつうに移動できること、ふつうに旅ができること」のありがたさをしみじみ思った。じつは私、乗り物が大好きで。初めての地、何度も行ったことのある地へと自分を確実に連れて行ってくれるから。

2020・7・5
あけやす 明易＝夏　とういす 篠椅子＝夏

孑孓の字にぼうふらの生きてをり

ぽつりぽつりとオンラインではない句会が復活しつつある。本来は顔を合わせて行う句会のはずが、画面を通してあれこれ評することに飽きてしまった人が多いようだ。ただ、今までの人数に比して倍の広さの会議室を予約するなど、俳人はみな、苦労している。

　私も自分が仕切らなければならない句会については、以下のようにしている。《1》石鹸（せっけん）を用意し、句会場に着いたらみなにまずは手を洗って貰う。《2》その手を拭くためのタオルハンカチを用意しておき、使用後のハンカチは私が持ち帰って洗う。もしくはペーパータオルを用意し、同じく私が処分する。《3》もちろん、消毒薬を用意する。ぞんぶんに使って貰う。《4》フェースシールド（顔全体を覆う透明マスク）やブレスシールド（口元だけを覆う透明マスク）もたっぷり準備した。

「何と大げさな」と思う人が多いかもしれない。しかし、不安そのものの中にいる多くの人たちにとって、少しでも安全材料がないと、句会は成立しないのである。以前とは本当に違うのだ。

そういった中、次の句に出合って嬉しくなった。

　孑孓の字にぼうふらの生きてをり　林冬美

『北海道俳句年鑑』より。ぼうふら自体は蚊の子どもだから、ありがたくはないけれど、ふっと心がなごむような気分になった作品である。俳諧味があるというか、何というか。

　俳句は従来の川柳と異なり、世を嘆いたり穿（うが）ったりするものではない。季語を見つめ、季語と寄り添うことで、ひっそりと生きて来た文芸である。そういった良さをこの句から感じた。

2020・7・19
ぼうふら 孑孓＝夏

夜濯や星にならべる衣文掛

俳句を始めたころ、「え。これも季語？」と驚くようなことが多々あった。夏の季語についていえば、「冷蔵庫」。子どものころからあった家電製品が、季語として歳時記に載っているとは！

ずいぶん昔の冷蔵庫、氷を毎日入れて食品を冷やした箱は、高温多湿の日本においてとてもありがたかったに違いない。ただ、歳時記に洗濯機や掃除機は載っていない。

洗濯機は夏に重宝するし、掃除機は年末の掃除（煤払）の際に大いに活躍する。それなのになぜ冷蔵庫だけが季語となる特別扱いを受けたのか。長いこと納得がいかなかったが、ある日、「かつての俳人はほとんどが男性だったから」と思うに至った。当時の男性俳人たちは、家事労働の大変さには目がいかず、「いかにもその季節」を思わせてくれることから、冷蔵庫を歓迎したのではないか。

洗濯機は歳時記に載らなかったが、俳句には洗濯に絡んだ面白い季語がある。「夜濯」である。

夜濯や星にならべる衣文掛　ふじもりよしと

『北海道俳句年鑑』より。夜濯は文字通り、夜にする洗濯のこと。汗にまみれた肌着や服をさっと洗い、干す。ここに挙げた句の美しさは「星にならべる」という中七にある。この真ん中の七音には詩的な省略があり、まことにすてき。

この稿が掲載されるのは立秋を過ぎてからであり、夜濯はふさわしくないかもしれない。ただ、「空が晴れ晴れとするのはいつ」と思い続けた先月を払拭してくれるものとして、私はこの季語をあえて載せたいと思った。じつは俳人は、立秋を過ぎると頭を全て「秋」に切り替える。夏を忘れる。今回は少し例外です。

2020・8・16
よすすぎ 夜濯＝夏

2020・8・30
ばんか 晩夏＝夏

街も木も力抜きたる雨晩夏

例年ならば七月から八月まで、何かと忙しい日が続く。指導する高校生たちと「俳句甲子園」のための詠み込み、合宿。そして、その彼らが松山でどんな試合を見せてくれるか、見届けなければならない。俳句甲子園という大会は、チームが勝っても負けても、説明のしようのない疲れが残ってしまう。私の場合、松山ではどうしても俳人に出会うことが多い。指導した高校生たちが勝てば「やっぱり」と言われ、負けると「今年はどうしたの」と言われる。かの地は大人が忍耐力を試される地でもあった。

その反動からか、数年前から、俳句甲子園の翌週に仲間数名で沖縄へ行くようになった。

街も木も力抜きたる雨晩夏　荒舩青嶺

『北海道俳句年鑑』より。もちろん、沖縄での作品ではないだろう。ただ、なぜかこの句から、「松山の翌週に行く沖縄」を思った。あの南の島は、物事がゆるやかで、長い夏の疲れを受け止めてくれる。ところが今年の松山は投句審査のみで、表彰式の一週間後にわれわれが沖縄へ行って発散することももちろんない。

思えば一昨年、昨年とわれながら無謀な日程を組んだ。一昨年は岩手県花巻市で講演と大会を終えた後、新幹線で東京へ。夜遅かったため羽田空港で一泊してから那覇へ飛び、一日遅れで仲間と合流した。昨年は講演をした青森で一泊した翌朝、青森―羽田・羽田―那覇というように、飛行機を乗り継ぎ、数時間遅れで仲間に追い付いた。青森の少し曇った涼しい街から、強烈な陽光の注ぐ那覇空港に降り立った時、「ああ、やっと私の夏休み」だと思った。あの旅では、「来年の八月も」を信じて疑わなかった。

長き夜やテレビは勝者のみ映す

先ごろ、俳句界の芥川賞とも言われる角川俳句賞が発表された。昨年度に続き、わが俳誌「群青」の同人が受賞することに決まった。スポーツの試合になぞらえると、チームとしては二連覇ということになる。

　昨年度の同賞は三十代の二人が受賞したことで話題になった（もう一人は「古志」の同人）。短歌と異なり、俳句は季語にかなり習熟していないといけない。したがって、ベテランの域に達していないと各賞の候補になることすら難しい。そういった中で昨年度、「群青」の若手が受賞できたことは大いなる喜びであった。しかし、このたびの岩田奎君の受賞はもっともっと若く、大学三年生でのこととなった。

　この受賞決定は本当にうれしい。と同時に、例年の「目指せ、角川俳句賞」といった趣のある五月の合宿ができなかった中、オンラインで同人の作品を延々評しあったことのつらさを思い出さずにはいられなかった。

　長き夜やテレビは勝者のみ映す　橋本喜夫

『北海道俳句年鑑』より。この句の「勝者」はもちろんスポーツの試合でのこと。たしかに、テレビでも新聞でも、勝った人は晴れやかな顔をさらし、いろいろなインタビューにも応じている。よほど期待されていた人を除き、敗者が画面や紙面を飾ることはない。

　あまりにも若い受賞は奎君に何をもたらすのだろう。そして彼の同期や先輩たちの、仲間の受賞を喜びつつも自身が賞を逃したことの悲しみと賞讃を思う。しかしながら、皆、気を取り直して次へと向かいつつある。そのことが少し切なく、そして頼もしい。

2020・9・27
ながきよ 長き夜＝秋

天下泰平ごくんと秋の空を呑む

十か月ぶりに東海道新幹線に乗った。

いつもの秋ならば、ほぼ毎週末、新幹線に乗っている。俳句の催しは気候のよい春か秋が多く、特に秋に集中している。場合によっては土曜日に名古屋で講演、翌日には静岡での大会に出席し、さらに次へと移動することもあった。それが俳人にとっての「日常」であった。しかし、そういった以前の日常を今後も望むのは贅沢過ぎる。

久しぶりに新幹線に乗って感動したのは、前と同じように清掃のかたがたが車内をきれいにしてくださったこと。そして車内アナウンスの「ただいま〇〇を定刻通りに通過しました」を耳にしたこと。そんな当たり前のことをありがたがるのはおかしいと思う向きがあるかもしれないけれど、「ああ、これだ」と私は思った。失われたと思っていたかつての日常が少しだけ戻ってきたように思った。

天下泰平ごくんと秋の空を呑む　石川青狼

『北海道俳句年鑑』より。ひそかに「青狼兄ちゃん」と心の中で呼んでいるかたの作品である。なかなかお目にかかれないが、釧路在住のこのお兄ちゃんに今までどれほど支えていただいたことか。東海道新幹線の車窓から見た、今秋にしては稀なほどの明るい空を見ながら、この句を何度も反芻していた。

この世にはいろいろなかたちのやさしさがある。ある人はごく不器用に、そしてまた別の人はさりげなく、もしくは華やかに。ということで、久方の新幹線で再確認したことがある。すなわち、みんな、それぞれができる仕事をしているということ。そんなこんなを考えていたら、ちょっとうれしくなった。

2020・10・25
あきのそら 秋の空＝秋

寒林やバス停は文字から錆びる

ほとんど何もしないうちに十一月になってしまった。気が付けばもう冬ではないか。こういうのを「愕然（がくぜん）」と呼ぶのだろうかと思いつつ、いやいや、世界中の人々が今まさに苦しんでいるのだと思い直したりする。

テレビにロンドンの光景が映し出される。つい、真っ赤な二階建てバスや黒いタクシーが出てくるかと思いつつ、目を凝らしてしまう。一九九〇年代に仕事で長期滞在した頃を懐かしく思い出すからだ（ただし、私が住んでいたのはロンドン郊外の小さな町だったが）。新型コロナウイルス。ヨーロッパでも特に感染者が増えているという英国で、あのバスやタクシーは今、機能しているのだろうか。

寒林やバス停は文字から錆（さ）びる　青山酔鳴

『北海道俳句年鑑』より。作者は恵庭在住なので、この句はもちろん、道内で詠まれたものだろう。この作品、なぜかわが郷里の余市や、母校の小樽潮陵高校のある小樽を思い起こさせてくれるのである。父が生前よく言っていた、「海が近いと何でも錆びてしまう」と。たしかに、余市の実家にあるものは次々錆びる。二階から海が見えるぐらいなのだから、自転車でもベランダでも腐食するのは当然かもしれない。もちろん、すぐ近くの「バス停」も同様である。

前述のロンドンに話を戻すと、十一月は後の長期滞在のために一か月、試しに住んでみた時期だった。現地はかなり寒かったが、ヒースロー空港の芝生の青さには驚かされた（冬でも枯れない種類だという）。しかし、その他の色は全て失われていた。だからこそ、陽気な赤いバスに癒やされたのである。

2020・11・8
かんりん 寒林＝冬

珈琲に氷の残る蜃気楼
大壺の底に花殻冬座敷
インバネス土鳩ときどき白い鳩

「俳句」11月号（KADOKAWA）に角川俳句賞の選考経過や受賞者及び予選通過者の作品が掲載されている。受賞者の岩田奎君の作品のタイトルは「赤い夢」、そして三十八年ぶりに最年少受賞記録を更新したことが記されている。二十一歳。つまり、かつて田中裕明が受賞した時の記録を塗り替えたことを意味している。

　お隣の分野の短歌では、毎年のように若いかたの受賞が発表されてきた。俳句では五十代以上なのに対し、短歌では十代、二十代の受賞者なのがふつうだった。それに対し、今年はちょっと違っていて、俳句賞のほうが若いのである。

　例年、「俳句ではなぜ若い人が受賞できないのだろう」と思ってきた。そしてもしかするとそれは、季語や切字に習熟しないとまともな作品のできない十七音ゆえの宿命だろうかと思うようになった。これはもちろん、定型感覚さえそこそこあれば賞を頂ける短歌のほうが簡単だといいたいのではない。俳句はその短さゆえに、さまざまなハードルをきちんとクリアしてゆかないと人様に見せられるような作品はできないのである。

　珈琲（コーヒー）に氷の残る蜃気楼（しんきろう）
　大壺の底に花殻冬座敷
　インバネス土鳩（どばと）ときどき白い鳩　岩田奎

　こういった作品を読んでゆくと、「よくぞ受賞してくださいました」という思いが強くなる。奎君は、わが「群青」のごく若い同人である。その仲間たちもこのコロナ禍の中、オンラインを活用しつつ、切磋琢磨（せっさたくま）してくれた。結果として、仲間の多くも予選を通過した。

　つらい数か月だった。その中でじっと我慢しつつ栄冠を得た彼らの力に感謝するしかない。

2020・11・22
しんきろう 蜃気楼＝春　ふゆざしき 冬座敷＝冬　インバネス＝冬

背もたれにコート被せて年忘れ

誰にとってもつらい一年であった。日本中の人にとって、そして世界中の人にとって。

　ふと思う、今までで一番大変だと思った年はいつだっただろうと。個人的な環境が激変した二〇〇〇年だろうか、それとも東日本大震災があった二〇一一年だろうか。個人的な出来事はなかなか他者と共有することはかなわない。そして大震災のように多くの人が被災した出来事も、災害に遭遇したそれぞれの程度が違っているため、案外、共感しづらいのである。そして、大変な目に遭った人は生きている限り、その心の傷を引きずるけれど、程度の軽かった人はいつしかその出来事を忘れてしまう。

　しかし、コロナウイルスに見舞われた今年は、世界中の人々がほぼ等しく苦しんだ。私は自分が生きている間にこんなことが起ころうとは夢にも思っていなかった。

　背もたれにコート被(かぶ)せて年忘れ　並河裕子

合同句集「花桐(はなぎり)」（道新文化センターさっぽろ東急教室・飯川久子講師が受講生らと作っている冊子）より。発行が十一月だからおそらく今年の句ではなく、昨年の「年忘れ」なのだろう。この句を読んで、ああ、混み合う店の感じがよく出ていると思った。コート掛けが足りないところでは、「背もたれ」にオーバーコート等を掛けておくしかないためである。

　ただ、今年の札幌や北海道では忘年会もままならないだろう。もちろん、東京も同じ。しかし、一人一人がそれぞれの胸の中でこの年に静かにサヨナラを告げる、それは可能かもしれない。そして優しい新年が来ますように。

2020・12・20
コート＝冬

季語索引（五十音順）

あとがき

きっかけは、当時所属していた「銀化」の仲間で小樽と積丹半島を吟行したことだった。その際に余市の実家の母の様子を見て、「これはまずい、定期的に余市に行かなければ」と思った。ふだん会っていないぶん、母の衰えがとても目立ったせいである。

その後、単に余市に時々帰るのではなく、「帰るついでに句会を催したらどうだろう」と考え、「蝦夷句会」を発足させた。つまりそれぞれの所属誌がどこであるかを超え、ごく純粋に俳句のために集まる会があってもいいのではないかと。また、東京や京都を中心としている歳時記と北海道での季語の感覚はかなり異なっている。そこをはっきり分けなければならない。この句会は今でも十の兼題を中心に回っている。句会のメンバーが、まことに北海道らしい季語を用いていきいきとした作品を発表してくれるのは、本当に嬉しい。

蝦夷句会が発足してから十数年になる。年に四回か五回、スケジュールを調整して私は北海道に行く。秋には、余市での葡萄狩及びジンギスカン鍋を経験することが近年のならいになっている。

十代の終わりに上京し、今では東京の本当の真ん中に住みついてしまった私にとって、郷里は一時期、とても遠いものだった。帰ることすらほとんどしなかった。実家近くの人たちとかかわることもなく、ましてや道内で俳句を詠んでいるかたがたと交流を持つこともなかった。しかし、蝦夷句会を通して一人ずつ知り合いが増え、その知り合いがまた知人を紹介してくれてという中で、ゆっくりと「北海道」はわがうちに浸透していった。

その途中で、「十七音の旅」と題する北海道新聞での連載が始まった。道新に実家のことや北海道とのかかわりをあれこれ書く中で、「あれ、みっちゃんだったんだね」と同級生からいわれることが増えた。余市の実家近辺でも、姉は「あれ、妹さんですか」といわれるようになったらしい。もともとの稼業の模型屋のことを書けば、当然そう思われてしまうのは仕方ない。

全国紙の連載は、時に極度の緊張を伴う。しかし、地方紙の、しかも自分とかかわりの深い地域の新聞の連載は楽しいものだ。紙上で友人と再び巡り合ったり、それまで会ったことはないが、俳句においてゆかりある人と新たに出会うことがかなうのは嬉しい。

蝦夷句会のメンバーにありがとうと言いたい。郷里を長く離れていた私を受け入れてくれたあなた方に心から御礼を言いたい。実家の、特に姉にはお詫びと共に御礼を言いたい。ネタに困るとつい姉に筆が及んでしまうから。そして、北海道へ定期的に行く私を快く送り出してくれた家族にもありがとうと言いたい。もちろん、執筆と単行本化の機会を与えてくれた北海道新聞の皆さまに第一に御礼を言わなければならない。

今はコロナ禍の中、移動も思うようにならず、愛する人に会うこともままならない。しかし、通俗的な言い方ではあるが明けない夜はないといい、やまない雨はないという。そして解けない雪も、もちろん、ない。

自分は一人で生きているわけではない。必ず誰かが助けてくれて、今日の自分がある。私を見守ってくれた人、話に耳を傾けてくれた人に心よりの御礼を。これほど幸福な人間がいるだろうか。

二〇二一年春のある晴れた日に

櫂　未知子

初出　「北海道新聞」二〇一五年十月四日～二〇二〇年十二月二十日

著者略歴

櫂未知子（かい・みちこ）

一九六〇年余市町生まれ。小樽潮陵高校卒業後、青山学院大・同大大学院へ進学。九七年、第一句集『貴族』で中新田俳句大賞（加美俳句大賞）、二〇〇三年、『季語の底力』（日本放送出版協会）で俳人協会評論新人賞。一八年、第三句集『カムイ』で第五十七回俳人協会賞、第十回小野市詩歌文学賞受賞。他の著書に『季語、いただきます』（講談社）など。「群青」共同代表。

編集
仮屋志郎

写真
酒井広司

装丁
佐藤守功（佐藤守功デザイン事務所）

十七音の旅　余市、北海道、日本

二〇二一年四月二十三日　初版第一刷発行

著　者　櫂未知子
発行者　菅原　淳
発行所　北海道新聞社
〒〇六〇-八七一一　札幌市中央区大通西三丁目六
出版センター（編集）電話〇一一-二一〇-五七四二
（営業）電話〇一一-二一〇-五七四四

印刷所　札幌大同印刷

乱丁・落丁本は出版センター（営業）にご連絡くだされば お取り換えいたします。

ISBN978-4-86721-021-5